영원히 살 것처럼 배우고
내일 죽을 것처럼 살아라

영원히 살 것처럼 배우고
내일 죽을 것처럼 살아라

5판 1쇄 인쇄 2023년 01월 03일
5판 1쇄 발행 2023년 01월 10일

지은이   M. 토케이어
편저자   주덕명
펴낸곳   함께북스
펴낸이   조완욱
등록번호   제1-1115호
주소   32419 충청남도 예산군 예산면 신암남로 52-7
전화   041-332-7719
팩스   041-332-6568
이메일   harmkke@hanmail.net

ISBN 978-89-7504-754-1 03810

영원히 살 것처럼 배우고
내일 죽을 것처럼 살아라

M. 토케이어 지음 | 주덕명 편역

함께
BOOKS

목차

※

Chapter 01

평생토록 배워도 부족하다

※

Chapter 04

진실된 행동으로 사랑하라

━━━ ❀ ━━━

Chapter 05

현재는 미래의 출발점이다

━━━ ❀ ━━━

유대인, 그 삶의 철학

Chapter 01

평생토록
배워도
부족하다

Today is
yours to
shape
create a
masterpiece

방대한 지식보다
배우려는 태도가 중요하다

"배움은 정해진 시기와
때가 있는 것이 아니다."

배우려는 자세가 되어 있다면 나이의 많고 적음은 문제가 되지 않는다. 나이가 많기 때문에 이제 더 이상 배울 필요가 없다고 하는 것은, 삶에 아무런 목표나 이상이 없는 상태로 이미 정신적인 죽음인 것이다. 배움으로써 젊음을 유지할 수 있다. 청춘이란 나이로 따지는 것이 아닌 정신적인 문제인 것이다. 인간의 삶은 언제나 목적지를 향하고 있지만, 그 곳까지 가는 과정이 디욱 중요하다. 우리는 결과만을 중시한 나머지 결과의 성패에 따라 삶을 평가하는 것에 익숙한 것은 아닐까?

청춘의 기준은 의학적으로도 증명이 되고 있거니와, 유대인의 생활방식의 지침으로써 기록해 놓은 탈무드를 통해서도 배울 수가 있다.

사람은 살아있는 동안에는 항상 배워야 한다. 배우는 것이야말로 삶을 영위하는 사람에게는 반드시 해야 할 성스러운 일이기 때문이다. 유대인은 하늘나라에 가는 그 순간까지 끊임없이 배워야 한다고 생각해 왔다. 가장 위대한 교사라 할지라도 변화하는 세상에 대처할 현명한 방법을 구하기 위해서는 언제라도 배워야한다는 것이다. 배움은 끝이 없는 길이다.

학자라는 말은 히브리어의 '람단'에서 유래한다. 람단의 뜻은 '알고 있는 사람'이 아니라, '배우는 사람'이란 의미를 갖고 있다. 즉, 방대한 지식을 지니고 있는 사람보다도 배우고 있는 사람이 더 존귀하다는 말이다.

성공한 사람들의 공통점은 나이에 관계없이 배움에 대한 강한 욕구가 있다. 그들은 새로운 분야의 지식을 대하면 궁금증을 참지 못하고 질문을 하는 습관이 있다. 배움에 대한 열망이 질문으로 표출되는 것이다.

'불치하문(不恥下問)-자신보다 못한 사람에게 묻는 것을 부끄럽게 여기지 않는다.'

나이가 많다고, 직급이 좀 더 높다고 해서 궁금한 것이 있음에도 물음을 꺼려한다면 발전은 없을 것이다. 모르는 것은 물어야 깨우칠 수 있으며 그래야만이 누구에게라도 당당한 자신의 지식으로 만들 수 있다. 그렇게 축적된 지식은 새로운 경험 또는 다른 지식과 융합함으로써 창의적인 지식의 영역을 넓힐 수 있는 것이다.

유대인의 하브루타 교육 방식이 그러하다. 하브루타 교육은 깨우칠 때까지 계속 묻고, 납득이 가지 않으면 논쟁을 한다. 질문을 받은 사람은 상대방을 논리적으로 납득시키기 위해 자신의 지식을 다시 돌아보게 된다.

단순한 지식보다
지혜를 더 소중히 여겨라

> "포도주는 오래된 것일수록 맛이 좋다.
> 지혜도 이와 같다. 해가 거듭될수록 깊어진다."

사람에게 가장 중요한 것은 지성(知性)이다. 지성은 어떠한 경우에도 가슴에 간직하고 있어야 하는 것이다. 유대인은 오랜 시간을 나라 없는 설움과 박해를 받으며 견뎌왔다. 오래전에 그들의 삶의 터전이었던 도시는 불태워졌으며, 재산은 빼앗겼다. 그러나 그들은 자신들에게 닥친 불행에 결코 굴복하지 않았다. 그들은 모든 것을 끊임없이 배우며 항상 내일을 위한 도약을 준비를 하고 있었던 것이다. 그들은 언제나 희망의 끈을 놓지 않았다. 희망이 있었기에 고된 하루하루를 이겨낼수 있었다. 그들에게 내일을 위한 희망은 교육이었다.

유대인 부모들이 자녀들에게 반드시 물어보는 수수께끼가 있다.

"만일 우리들이 살고 있는 집이 불태워지고 재산은 빼앗겼을 때, 도대체 무엇을 가지고 지금의 위기를 벗어나야 할까요?" 하고 어린 자녀에게 묻는다.

그러면 '돈을 가지고'라든가, '다이아몬드를 가지고 달아난다.'라고 대답을 한다. 그럴 때 유대인 부모는,

"그것은 모양도, 빛깔도, 냄새도 없는 거란다."하고 다시 한 번 힌트를 준다. 그리고 마침내, 중요한 것은 돈이나 다이아몬드가 아니라 '지성'이라고 가르쳐 준다. 그 누구도 무형의 재산인 지성을 빼앗을 수 없으며, 지성은 항상 몸에 지니고 달아날 수 있기 때문이다.

유대인 자녀들은 어린 시절부터 부모와 많은 대화를 하며 자라기 때문에 스스럼없이 묻고 깨우친다. 자신의 생각을 다른 사람에게 말하는 것을 두려워하지 않는다는 것이다. 부모와 함께 다양한 주제의 논점을 갖고 질문을 하고 자신의 생각을 스스럼없이 말하면서 논리력을 키운다. 그 결과, 확고한 주체성을 키워나갈 수 있다. 또한 유대인 아이들은 책을 소중히 여기는 전통을 물려받은 부모들의 영향으로 자발적으로 독서를 하는 습관을 지닌다. 독서를 하는 습관이 몸에 배이게

되면, 사고력이 깊어지고 다른 사람과의 대화의 자리에서도 정립된 논리와 지식이 있기에 품위가 있으며, 당당할 수 있는 것이다. 다양한 독서의 영향으로 생긴 이러한 자긍심이 바로 지성의 힘이다. 지성이 높은 사람은 자주적인 삶을 확립할 수 있다.

지성(知性)의 뜻을 사전적 의미로 풀이해 보면, 자신이 배우고 깨우치고 정리한 것을 바탕으로 새로운 인식을 낳게 하는 정신 작용이다. 넓은 뜻으로는 지각이나 직관(直觀), 오성(悟性) 등의 지적 능력을 통틀어 표현한 것이라고 말할 수 있다.

지성이 유대인 사회에서 얼마나 중요시되었는가는, 학자가 왕보다도 더 훌륭하고 귀한 존재로 여겨졌으며 공동체 사회에서 존경을 받아 온 사실을 보면 알 수 있다. 이것은 유대인의 자랑할 만한 전통이기도 하다.

이에 반해서 대개의 다른 민족들의 경우 왕후, 귀족, 혹은 군인이나 돈이 많은 사업가를 학자보다 더 높은 자리에 두었던 사실은 곰곰이 생각해 볼 일이다.

유대인들은 책을 어떠한 물건보다도 소중히 여겼다. 그들에게는 책에 관한 많은 격언이 있다.

'여행을 하는 중에 지금까지 읽어보지 못한 좋은 책을 보게

되면, 반드시 그 책을 가슴에 지니고 고향으로 돌아가라.'

'만일 빈곤한 나머지 물건을 팔아야 한다면, 우선 금·보석·집·땅을 팔도록 하라. 마지막까지라도 팔아서는 안 되는 것이 책이다.'

'책은, 비록 적이 빌려달라고 해도 빌려주어야 한다. 그렇지 않는다면 당신은 지식의 적이 된다.'

'책을 당신의 벗으로 삼아라. 책장을 당신의 뜰로 삼아라. 그리하여 그 아름다움을 즐기고, 과실을 거두어들이며, 꽃을 따도록 하라.'

　책은 지식의 상징이다. 1736년, 라트비아의 유대인 거리에서는 만약 책을 빌려달라고 하는 사람에게 빌려주지 않는 행위는 벌금을 물게 하는 조례가 정해지기도 했다. 또한 유대인의 가정에서는 책을 침대의 발치에 두지 말고, 머리맡에 두라는 지침이 각 가정에 전해지기도 했다. 그만큼 유대인들은 지식을 소중히 생각했다. 하지만 그들이 지식보다 중요하게 여긴 것은 지혜였다. 유대인 사회에서는 지식만 있고 지혜가 없는 사람은 많은 책을 등에 실은 당나귀에 비유되었다.

　지식은 아무리 모아 두더라도 실질적인 도움이 되지 않는다. 그것을 좋은 목적으로 쓰지 않는다면 오히려 해가 되며,

단지 지식을 모으는 것뿐이라면 책을 쌓아두지 말 것을 경고했다. 지식을 단지 배워 익히는 것에 그치는 것은 모방에 지나지 않기 때문이다. 배워서 익힌다는 것은 어디까지나 자기 스스로 생각하기 위한 기초일 뿐이다. 지혜가 있는 사람은 배운 지식을 올바르게 사용할 수 있는 사람이다.

히브리어로 지혜가 있는 사람을 '홋헴'이라고 한다. 공부를 배우는 학도가 지식을 쌓고 지성을 발휘해 가는 동안에 통찰력을 얻게 되고, 또 겸허해야 된다는 사실을 배우고 실천하는 사람을 이르는 말이다.

유대인은 학식과 마찬가지로 겸허함도 중히 여겼다. 자기 스스로 지식이 풍부하다고 느끼는 사람은 행복할지는 모르나, 스스로 현명하다고 생각하는 사람은 어리석은 사람이다. 벼는 익을수록 고개를 숙이는 법이다.

'홋헴' 중에서도 가장 지혜로운 사람을 '탈미드 홋헴'이라고 한다. '탈미드 홋헴'은 배움에 있어서 게으르지 않으며 많은 사람으로부터 지혜가 있다고 여겨지는 사람을 일컫는 말이다. 고대 유대인 사회에서 탈미드 홋헴에게는 세금을 부과하지 않았다. 지혜가 있는 사람은 사회 전체에 도움이 된다고 생각되었기 때문이다. 뿐만 아니라 사회 전체가 그들을 존경하고 도와줘야 한다고 생각했다.

유대인들이 그들을 어떻게 존중하였는지를 나타내 주는 말을 인용하고자 한다.

'탈미드 홋헴'과 부자 중 어느 쪽이 더 훌륭할까?'

그것은 생각할 것도 없이 '탈미드 홋헴'이다. 왜냐하면 탈미드 홋헴은 돈의 고마움을 알지만, 부자는 지혜의 고마움을 모르기 때문이다.

질문은 해답과
같은 힘을 가지고 있다

> "하나의 질문은
> 열 개의 답을 만든다."

묻는다는 것은 중요한 일이다. 사람은 배우는 과정을 통해서 한 가지 중요한 사실을 알게 된다. 그것은 배울수록 의문이 생긴다는 것이다. 즉, 의문이 생기고 그에 대한 궁금증을 풀기위해 질문을 하게 된다. 의문을 갖는 것은 배움의 첫걸음이다. 배울수록 의문을 갖게 되어 물음이 많아지며 질문의 수준도 높아진다. 즉, 진리추구를 위한 중요한 수단으로 질문을 활용하게 되는 것이다.

'좋은 질문은 해답과 같은 힘을 지닌다.'

뇌 과학자들이 연구한 '효과적인 교육을 하는 방법'에 의하면, 지식에 대한 일방적인 가르침은 고루한 잔소리처럼 우리의 뇌에 자극을 줄 수 없다고 한다. 하지만 지금까지 대부분의 교육방법이 그러했다.

뇌 과학자들은 질문을 하면 뇌가 활성화 된다고 말한다. 궁금해 하는 것에 대해서는 친절히 답해주고 꼬리에 꼬리를 잇는 방법으로 궁금증을 유발하게 하는 것이 좋은 교육방법이라고 한다.

탈무드에는 '훌륭한 물음은 훌륭한 답을 끌어낸다.'고 말하고 있다. 우리는 종종 뜻밖의 질문을 받고 놀라는 일이 있다. 그리고 자신도 미처 깨닫고 있지 못했던 멋진 답을 해주는 일이 있다. 그것은 좋은 질문이란 해답과 마찬가지의 힘을 지니고 있기 때문이다.

소크라테스는 특유의 질문법을 사용하여 사고의 능력을 향상시켰던 사람이다. 그는 여러 가지 다양한 질문을 활용해서 상대방으로 하여금 스스로 깨달음을 얻도록 했는데 이 질문법을 '산파법'이라고 한다.

소크라테스는 정치인들과의 소송에서 패하게 되어 죽음에 이르게 되었는데 정치인들이 그를 두려워한 이유는 단 한 가지 소크라테스의 예리한 질문, 다시 말해 문제의 본질을 날카롭게 파고드는 촌철살인의 질문에 위협을 느꼈기 때문이다. 소크라테스의 질문은 사람들의 생각이 점점 문제의 핵심을 이해하는데 도움을 주었다. 권력자들이 문제의 핵심을 찌르는 결정적인 질문을 회피하는 이유는, 자신의 권위를 내려놓지 않겠다는 탐욕 때문이다. 소크라테스가 질문을 통해 시민들에게 깨우침을 주려고 했던 것은 사람들로 하여금 '잘 알고 있다'라는 착각으로부터 벗어나게 하는 일이었다. 의심나는 부분이 있으면 질문해야 한다. 그것이 가장 현명한 행동이다. 질문이 우리를 앞으로 나아가게 하고 발전하게 한다.

지혜는 '물음'으로써 생기고 후회는 정리되지 않은 '말함'에서 생기는 것이다.

호기심이 없는 사람은 의문 또한 없다. 배움이란 의문을 갖고 그것을 묻고, 그 물음에 대한 답을 해 주는 것으로 이루어진다. 지혜 있는 사람이란 훌륭한 의문을 지닌 사람을 말한다.

도대체 사람이 정말로 확신을 할 수 있는 일이 있을까 하는 의문을 갖기 시작하면 모든 것이 의문투성이다. 하지만, 의문에서 비롯되어 얻은 확신이 진실에 더 가깝게 다가갈 수 있다. 그리고 모든 마음속의 의문은 행동함으로써 깨닫게 된다. 결국 의문은 행동함으로써 해결되는 것이다. 생각이 지나치면 오히려 행동해야 할 순간을 놓치게 되는 경우가 있다. 어떤 일을 단행하지 못하고 우물쭈물함으로써 찾아온 기회를 허무하게 놓치게 되는 것이다. 확신에 찬 의문으로 대담하게 행동하는 자만이 승리를 움켜쥘 수 있다. 그 때를 포착하지 못한다면 기회를 놓치고 만다.

사람은 무엇 때문에 배우는 것일까?

세상에는 아주 똑같은 상황이 다시 되풀이되는 법은 거의 없다. 유사한 새로운 상황이 있는 것이다. 그러므로 새로운 상황에 직면했을 때에는 그때까지 배우고 경험했던 것을 참고할 수밖에 없다. 그렇다면 사람이 의지할 수 있는 것은 직관(直觀)이다. 직관은 옳음과 그름, 선과 악을 현명하고 빠르게 구별하는 지혜이다. 우리가 세상의 지혜를 얻기 위해서 배움을 게을리 하지 않는 것은, 끊임없이 자신 앞에 나타나는 문제에 대하여 올바른 판단을 하기 위해서이다.

산에서 오랜 세월을 보낸 베테랑 사냥꾼은 날카로운 직관력으로 항상 도사리고 있는 위험으로부터 자신을 보호한다. 그것은 오랜 체험으로 스스로 체득하고 단련된 것이다.

현실에서 직접 체험하지 못한 일이라도 다른 사람의 체험을 간접적으로 배우는 것 또한 직관력을 날카롭게 만드는 일이다. 직관은 한 마디로 분명하게 설명할 수가 없는 신비한 것이라고 생각할 수도 있지만, 한순간의 직관에 따라 내려지는 결단은 그때까지 쌓아 올린 영민한 지혜를 바탕으로 하고 있다. 직관은 통찰력이라고 바꾸어 말해도 좋을 것이다. 중요한 결정일수록 통찰력은 반드시 필요하다. 배움의 중요한 요소는 순간적인 통찰력을 얻기 위한 준비이다.

학식을 자랑하지 말라

"자신을 아는 것이 가장 큰 지혜이다."

학식은 눈으로 확인하거나 손으로 만질 수 있는 성질의 것이 아니다. 때문에 누군가의 학식이 얼마나 깊고 넓은지 겉으로 보아서는 가늠할 수 없다. 학식은 표현하지 않으면 알 수 없기 때문에 사람들은 자신의 학식을 남에게 드러내어 자랑하고 싶은 본능이 있다. 하지만 학식을 남에게 내비치며 자랑해서는 안 된다. 많이 배웠다는 것은 자랑거리가 아니다. 많이 배운 만큼 겸허한 마음과 풍부한 품성이 자랑인 것이다. 자기가 훌륭하다고 말하거나 자기에게 힘이 있다는 것을 스스로 과시하는 사람은 의심과 미움을 받는다. 즉 시기하는 사람이 생긴다는 것이다.

아직 겉으로 드러내지 않고 자신의 내면에 간직되어 있는 지식은 자신을 보호할 든든한 무기를 지니고 있는 것과 같다. 진정 아름다운 것은 겉으로 보이는 화려함에 있는 것이 아니라 자연스럽고 은은하게 보일 때 진정 아름다운 것이다.

탈무드에는 '학식이나 자신의 능력이라고 하는 것은 값비싼 시계와 비슷하다.'고 가르치고 있다. 요컨대 시계는 남에게 보이며 자랑하려고 몸에 지니고 다니는 물건이 아니라 자신이 궁금할 때나 다른 사람이 시간을 물을 경우에 꺼내어 궁금증을 풀어줄 때 비로소 그 가치기 있는 것이다. 지성을 갖춘 사람은 때와 장소를 분별하여 자신의 지식을 사용할 줄 아는 사람이다.

지식은 목마른 사람들에게 시원하게 갈증을 풀어주는 샘물과 같은 것이다. 그러므로 지식이 풍부한 사람은 퍼내고 퍼내도 바닥이 드러나지 않는 깊은 우물처럼 많은 사람들에게 지식의 갈증을 풀어줄 때 학식의 유용함과 풍부함이 비로소 드러나는 것이다. 유대인은 학식을 우물이나 강물에 비유해서 말한다.

'깊은 샘의 물은 아무리 퍼내어도 바닥을 드러내지 않는다.

얕은 우물은 곧 바닥이 드러나고 만다. 깊은 우물의 근원은 끊임없이 솟아오르는 맑은 샘이다. 샘이 깊을수록 보다 많은 사람들의 갈증을 해결해 줄 수 있다.'

'학식이 깊고 풍부한 사람은 겸허하다. 마치 넓은 강을 도도히 흐르는 깊은 물과 같다. 얕은 강물은 속이 환히 보이고 요란하게 흐르지만, 깊은 강은 소리 없이 도도하게 흐른다.'

유대인의 존경을 받는 현자(賢者)인 랍비 부다는 다음과 같은 말을 했다.

"나는 스승으로부터 많은 가르침을 받았다. 친구들에게서는 더 많은 것을 배웠다. 하지만 가장 많은 것을 제자들에게 배웠다."

진정으로 배움을 놓지 않는 사람들은 이처럼 겸허함을 갖추고 있다. 자신보다 어리고 젊은 사람들을 가장 큰 스승으로 표현한 겸허함은 '영원히 살 것처럼 배우는' 유대인의 지혜에서 나온다.

하늘은
가장 낮은 곳에서 시작된다

"만나는 사람 모두에게서 무엇인가를 배울 수 있는 사람,
마주치는 모든 사물에서 무엇인가를
배울 줄 아는 사람이 가장 현명한 사람이다"

하늘은 어디에서부터 시작되는 것일까?

누군가에게 이러한 질문을 받게 되면 어떻게 대답 하겠는 가?

탈무드에는 이 질문에 대한 대답으로 다음과 같이 기록하고 있다.

'하늘은 당신의 발치에서부터 시작된다.'

예를 들어 개미에게 있어서 하늘이라고 하면 높이가 어디쯤일까?

그것은 땅을 딛고 서 있는 사람의 발바닥이 있는 곳에서 하

늘이 시작될 것이다. 그렇다면 세상은 어디에서부터 비롯되는 것인가?

세상은 바로 당신 자신으로부터 비롯된다. 그러나 많은 사람들은 이렇게 말하고 있다.

"내게는 이 세상을 개선할만한 힘 같은 것은 없다. 나는 아무런 힘도 없는 무력한 사람이다."

이렇게 말하며 사회적인 자신의 역할을 한정 짓는다. 이것은 대부분의 사람들이 흔히 빠지기 쉬운 잘못이다. 그러나 세상을 사는 모든 사람은 세상을 변화시킬 수 있는 중요한 구성원이며, 모든 문제는 자기 자신에게서부터 생겨난다. 그렇기에 누구나 세상이 짊어지고 있는 곤란한 문제를 크게 만들 수도 있으며, 또한 그것을 해결하기 위해 도움이 될 수도 있다. 적어도 자신의 힘으로 자기 주변의 세계를 바꾸어 나갈 수 있는 힘이 누구나의 내면에 존재하고 있는 것이다.

변화의 시작은 바로 자기 자신으로부터 비롯된다. 하지만 행동이 수반되지 않는 생각만으로는 어느 것도 해결할 수 없다. 무슨 일이든 행동이 있어야 비로소 변화가 시작된다. 자신의 주변에서 가장 중요한 것은 무엇인가. 우선 가족이다.

성공한 사업가 A씨는 50대 중반에 말기 뇌종양으로 생존

할 수 있는 날이 6개월 밖에 남지 않았다는 진단을 받는다. 그렇지만 그는 죽음을 순순히 받아들이고 자신에게 남은 생, 6개월을 의미 있게 보내기로 결심한다. 그래서 그는 자신이 살아오며 맺어온 인간관계의 동심원을 그래프로 그려보았다. 그 동심원의 가장 내부에는 가족이 있었고, 가장 외부에는 사업을 하며 관계를 맺은 사람들이 있었다.

그는 그래프를 바라보며 자신의 삶을 돌이켜보았다. 그랬더니, 그래프의 가장 바깥쪽에 있는 사람들과 많은 시간을 보내느라고 정작 그래프의 가장 안쪽에 위치한 소중한 가족들을 등한시했었다는 것을 깨달았다. 그는 좀 더 이른 시기에 관계의 동심원을 그려보았더라면, 그래서 가족의 소중함을 알았더라면 자신의 삶이 좀 더 행복하고 충만했을 것이라는 후회를 한다.

이렇듯 먼 곳, 높은 곳을 바라보면 가장 가까운 곳, 또 가장 낮은 곳에 있는 것을 보지 못하고 느끼지 못할 수 있다.

어떻게 하면 보다 좋은 세상, 행복한 삶을 만들 수 있을까?

그것은 자기 자신의 노력에서부터 시작된다. 그러기위해서는 우선 가장 낮은 곳과 가장 가까운 곳부터 살필 필요가 있다.

행복한 가정은 행복한 세상을 만드는 원천이 된다. 가족 구성원이 믿음과 사랑으로 서로의 인격을 존중하고 믿어줄 때, 나아가 다른 가정에도 좋은 영향을 줄 수 있는 것이다.

그다음엔 자신이 살고 있는 지역사회가 있다. 자신이 속한 지역사회는 사회구성원으로서의 가장 기본적인 사회적 기반이 된다. 이웃과의 우호적인 관계는 자신의 가족과 가정의 행복을 지켜주는 기초적인 관계가 되며 또한 유쾌한 생활의 근원이 된다.

이렇게 자신의 행복에서부터 시작된 삶은 차츰 그 범위를 긍정적으로 넓힌다.

배우지 않으면
세상을 따라가지 못한다

"아이들이 질문을 하기 시작하면
그들이 성장하고 있음을 알 수 있다."

　배움이란 보다 폭넓은 것이 되지 않으면 올바른 삶을 살아가는 데 도움이 되지 않는다. 배움의 목적은 사람다운 생활을 하기 위해서이다. 배움으로써 얻은 지식과 지혜를 올바르게 사용하는 것은 사람으로서의 매력을 더해 준다.

　배움으로써 보다 나은 환경을 만들 수 있다. 배움이란 반드시 학교에서 학문을 배운다거나 책을 읽는 것뿐만이 아니다. 사회구성원으로서 조화로운 삶의 의미를 깨닫는 것도 중요한 배움인 것이다. 근래에는 배움이란 것이, 자신의 일이나 경제적인 이익에 도움이 되는 것만을 쫓는 편협한 것이 된 것 같다. 배움이 안타깝게도 모두 이해득실과 결부된 것이다.

하지만 배움은 정해진 시기와 때가 있는 것이 아니다. 세상은 한 순간도 멈춰 선 적이 없이 변화하고 진보하고 있다. 어제의 옳았던 방법과 생각 또한 변하지 않으면 뒤처지는 사람이 될 수밖에 없다. 배움이 전 생애를 통해 지속되어야 하는 이유다. 세상은 배워야 할 것이 차고 넘치는 거대한 학교다. 아무리 뛰어난 천재라도 온 세상의 지식과 학문에 모두 능통할 수는 없다. 중요한 것은 배움의 과정과 그것에 임하는 자세이며 배움을 즐기는 삶이다. 배움은 깨우칠수록 부족함을 깨닫는 과정이다.

그러나 오늘날 많은 사람들은 학문을 연마하고 다듬는 일을 선악(善惡)과는 별개의 것이라고 생각하는 듯하다. 그것은 과학의 힘으로 인하여 하루가 다르게 변하는 세상을 쫓아가느라고 잠시도 자신을 돌아볼 여유가 없기 때문에, 이성적인 판단의 부족함에서 생기는 현상이다.

혹시 우리는 과학이란 학문이 사실만을 다룰 뿐이며 선한 것인가, 악한 것인가의 개념과는 아무런 관계가 없다고 여기지는 않았는가를 생각해 보아야한다. 과학 또한 인문학에 바탕을 둔 학문이라는 것을 알아야 한다.

현대의 사람들은 과학이 인간의 삶을 보다 편리하게 만들어 주는, 인간의 지배를 받는 도구라는 사실을 잊어버리고 있는 것 같다. 과학이 인간을 지배하는 것으로 착각을 하고 있는 것이다. 인간이 과학을 올바르게 인식하기 위해서는 선악의 판단을 하지 않으면 안 된다. 인류의 번영과 행복을 위하여 연구한 핵이 우리의 삶과 평화를 위협하는 무기로 변한 사실을 우리는 잘 알고 있지 않은가.

과학은 인류의 생활을 크게 바꾸어 놓았다. 과학의 힘에 의하여 굴욕적이던 인간의 삶, 빈곤이 많이 추방되었다. 인간의 생활을 획기적으로 변화시킨 가장 큰 힘이 과학이라는 사실은 부정할 수는 없다. 하지만 과학의 힘을 너무 믿은 나머지, 인간이 소외되는 우를 범하면 안 된다.

탈무드는 다음과 같이 가르치고 있다.
'남보다 뛰어난 사람은 두 종류의 교육을 받고 있다. 하나는 스승으로부터 받는 교육이며, 또 하나는 자기 자신으로부터 깨우치는 교육이다.'

자신에 대해
스스로 리더가 되라

"리더는 자신의 장단점을 정확히 알고
자기의 약점을 극복하기 위해 노력하는 사람이다."

사람은 자기 자신에 대해서도 스스로에 대한 리더가 되지 않으면 안 된다. 리더십은 거기에서부터 비롯된다. 세상의 불완전한 구조에 흔들리지 않고 살아가기 위해서는 우선 자신부터 도덕적인 원칙이 바르게 정립되어 있어야 한다.

예를 들어 착한 사람 콤플렉스로 모든 사람들에게 선한 인상을 심어주기 위하여 주관 없이 흔들리는 리더는 표류하는 배처럼 중심을 잡지 못하며, 자신을 따르는 사람들을 방황하게 만든다. 그래서 리더의 확고한 원칙이 있어야 방황하지 않고 가고자 하는 길을 무사히 헤쳐 나갈 수 있는 것이다. 그리고 리더는 사회구성원으로서 올바른 생각을 지니고 있어야 한다. 사회공동체란, 공동의 목표를 이루어 나가는 집합체이다. 사회구성원 각자는, 무엇보다 자신이 소중하다고 생각하기 때문에 서로의 생각과 소망이 다를 수밖에 없는 구조이다. 그래서 각자의 공통된 이익을 대변하기 위해서는 리더의 위치에 있는 사람부터 원칙의 어긋남을 경계하여야 하고 진솔해야 하며, 사리사욕이 없어야 한다.

가치관이 다른 사람들과의 상호관계에서 공정한 질서를 유지하기 위한 규칙은 반드시 필요하다. 이러한 규칙은 구성원의 책임감을 바탕으로 해야 한다.

사람이란 누구나 빛과 그림자의 두 가지 면을 지니고 있다. 아무리 착한 사람이라 할지라도 그림자를 지니고 있으며, 아무리 악한 사람이라도 빛이 있는 법이다. 그러므로 리더는 밝은 혜안으로 현명한 판단을 내려야한다. 이러한 혜안은 스스로 배움을 통해 키워지는 것이다.

유대인의 인구 비율은 세계인구 대비 0.3% 정도로 낮지만 많은 세계의 리더를 배출했다. 역대 노벨상 수상자 또한 200여명으로 전체 노벨상의 30%을 차지한다.

유대인은 학력, 재산 명예 등의 부족함이 있다고 해서 부끄러워할 것도 없고, 넘친다고 하여도 자랑할 것도 못된다고 가르친다. 부족한 면은 좋은 품성, 인격, 지혜 등으로 보완하여 자기의 생각을 사회에 유익하게 발현하면 된다고 가르치는 것이다.

현대사회는 개인의 능력과 노력에 따라 신분이나 역할의 이동과 변화가 가능하다. 그때그때 상황에 따라 자신에게 주어진 임무에 충실한 것이 사회 구성원으로서 최선의 책무인 것이다.

탈무드에는 다음과 같이 사회구성원을 정의하고 있다.

'사람은 자기 보존과 더불어 다른 사람을 돕기 위해 태어났다. 자기 자신만을 위해 사는 것도, 다른 사람만을 위해 사는 것도 바람직하지 못하다. 자기만을 생각하는 사람은 상스럽고, 자기희생만을 강조하는 사람은 광신적으로 된다. 사람은 각자 스스로의 리더다.

습관화된
타성에서 벗어나라

"게으름은 쇠붙이의 녹과 같다.
노동보다도 더 심신을 소모시킨다."

　사람은 천성적으로 서면 앉고 싶고, 앉으면 눕고 싶은 게으름쟁이다. 그러하기 때문에 사람은 때때로 새로운 일과 현상에 관심을 갖지 않으면 단조로운 일상과 틀에 박힌 사고에 사로잡혀 의미 없는 시간을 보내게 된다.

　알버트 아인슈타인 박사는 다음과 같이 말했다.

　"사람은 항상 새로운 사실을 생각하지 않으면 로보트와 같이 되어버린다."

　인간의 게으름 습성을 경고한 것이다. 어린 시절이나 청춘기에는 시간의 흐름이 길게 느껴진다. 이것은 이 시기에는 자주 새로운 사실과 만남으로써 자극을 받기 때문이다. 하지만 세월이 흘러 나이를 더해 가면서 시간이 빨리 지나가버리는 것처럼 여겨지는 것은 삶으로부터 습득한 많은 습성이 쌓였기 때문이다. 새삼스럽게 다시 혼란의 시기를 겪고 싶지 않은 생각에 새로운 일상에 흥미를 느끼지 못하고 새롭게 내 앞에 펼쳐지는 기회를 외면하고 무의미하게 흘려버리는 것이다.

데이비드 허친스의 〈레밍딜레마Lemming Dilemma〉에는 일명 레밍. 나그네쥐들이 나온다. 이 쥐들은 일 년에 한 번씩 절벽 끝에서 점프하며 떨어지는 축제를 벌인다. 그런데 다른 쥐들이 절벽에서 떨어지는 모습을 바라보며 '에미'라는 쥐는 레밍들이 왜 절벽에서 떨어져야 하는지, 꼭 그래야 하는가라는 의문을 갖는다.

지금까지 이러한 의문을 품은 쥐는 없었다. 모든 쥐들이 맹목적으로 다른 쥐들을 따라 절벽에서 몸을 던지는 대열에 속해 있었지만 의문을 품은 쥐 에미는 다른 쥐들에게, 왜 절벽에서 떨어져야하는지를 묻지만 어리석은 질문을 하지 말라며 심한 핀잔을 듣는다.

인간사회 역시 다를 바가 없다. 무엇인가 의문을 품고 질문을 하면, 질문하는 사람을 귀찮은 듯이 바라보는 사람들이 있다.

에미는 날마다 절벽 끝에 앉아, 건너편에 있는 나무를 바라보며 생각에 잠겼다.

"혹시, 골짜기 너머 저곳에 우리가 모르는 새로운 세상이 있는 것은 아닐까?"

에미는 반드시 지켜야만 하는 관습처럼, 골짜기로 떨어지는 대열에 줄서지 않기 위해 탈출을 꿈꾼다. 에미는 고무줄처럼 질긴 풀을 엮어서 긴 줄을 만든 다음 그 줄을 자신의 몸에 묶고 몸의 방향을 앞쪽으로 향하게 한 후, 뒤쪽에도 다른 줄을 묶어 최대한 줄을 뒤로 잡아당긴다. 그러면 자연스럽게 봄의 앞쪽 줄이 팽팽하게 된다. 마지막에 뒤쪽으로 묶은 줄을 끊으면 몸은 앞으로 날아가게 되는 원리이다.

에미는 계획대로 줄을 끊고 날아간다. 그리고 쥐들이 절벽에서 떨어지는 행위는 다시는 돌아올 수 없는 죽음의 세계라는 사실을 알게 된다.

오늘날의 생활에서 매스 미디어가 대다수의 사람에게 어떤 작용을 하는지 생각해보자.

현대인은 아침에 일어나서 서둘러 출근을 준비하는 동안에 뉴스를 듣고, 곁눈질로 스마트 폰을 확인하며 아침 식사를 한다. 혹은 출근길의 전철 속에서, 회사에 도착한 다음엔 신문부터 집어 든다. 한 달에 몇 번은 주간지를 사기도 한다. 매스미디어에서는 각종 뉴스를 떠들썩하게 다루고 있다.

어째서 대개의 사람들은 신문, 스마트 폰, 잡지 등에서 뉴스거리를 찾아서 읽는 것일까?

진실을 알기 위해서인가, 아니면 주위의 사람들이 모두 알고 있는 것을 자기만 모르면 불안하기 때문일까?

현대인에게는 신문이나 잡지, 스마트 폰을 이용한 뉴스 검색 등 세상의 모든 상황이 손안에 있다. 날마다 새로운 소식과 충격적인 뉴스가 차례차례 밀어닥친다. 그리고 매일 식사를 하듯이 그것을 아무 생각 없이 소비해 버리고 나면 아무것도 남지 않는다. 그렇게 하루를 보내고 또 다음날에도 전날과 비슷한 패턴의 방식으로 사회, 문화, 경제, 정치 등 새로운 사실들을 확인한다.

이러한 모든 행위들이 습관이 되어버린다. 사회생활에서 오는 불안감으로 인해 무엇이든 붙잡아보려고 허우적거리지만 습관화된 관습으로 인해 손에 잡히는 땅콩같이 아무 의미 없이 훌훌 날려버리고는 곧 잊어버린다. 그렇게 많은 시간이 흐른 후, 새로운 세상으로 변화된 사실을 확인하고는 사방을 둘러보지만 외롭게 서 있는 자신을 깨닫게 된다. 이런 패턴으로 무의미한 시간들이 정처 없이 흘러갔기에 잠시 멈추고 돌아보면 시간이 너무 빨리 흐르는 것처럼 생각되는 것이다. 우리의 인생도 이처럼 습관이 되어 버린 게으른 습성 때문에 많은 시간을 빼앗기고 있는 수가 많다. 정신없이 바쁘게 돌아가는 삶에서 잠시 멈춰 서서 자기 자신의 생활을 진지하게 돌이켜 볼 필요가 있다.

유대인은 이러한 게으름을 방지하기 위해 탈무드를 읽으며 구체적인 사실에 대해 토론하고 추론하면서 어려서부터 실용적인 논리와 사고력을 키운다. 유대인은 자녀가 13살이 되면 성인식을 치르는데, 이때 부모는 성인이 된 자녀에게 시계를 선물하거나 여행을 떠날 수 있는 항공권을 선물한다. 자신의 길을 스스로 개척해나갈 나이가 되었기 때문에 넓은 세상으로 혼자 여행을 떠나 많은 것을 보고 돌아오라는 의미다. 특히 성인식 때 친척과 지인들이 격려금을 전달하는데, 그 금액이 결코 적지 않다. 그 돈은 성인식을 맞이한 아이의 이름으로 은행에 저금을 해두거나 돈의 씀씀이에 대해 스스로 생각하게 한다. 온전히 자기 소유의 경제적인 밑천이 생긴 것이다. 유대인의 돈에 대한 개념은, 돈은 버는 것이 아니라 굴리

는 것이며 돈을 이용해 불려나가는 것이 어릴 때부터 습관이
되어있다.

　뉴욕 다이아몬드 거리에 있는 대부분의 상점을 유대인이
운영하는데, 그 이유에는 그들의 역사적 아픔과 경험이 담겨
있다. 작고 가볍고 가격이 비싼 다이아몬드는 유대인이 여러
나라를 떠돌아다닐 때 어디서든 그 나라 화폐로 바꿀 수 있다
는 유대인들의 생각이 담겨있다. 그것은 나라를 잃고 떠돌아
다니며 언제 몸을 피해야할 상황이 올지 모르는 경험이 있기
때문이다. 유대인의 다이아몬드 세공 기술은 타의 추종을 불
허할 만큼 발달했다. 무엇이든 관심을 가지면 배우게 되고 경
험하면 지혜가 되는 것이다.

자신을
뛰어넘어라

"강한 사람이란
스스로 자신을 억제할 수 있는 사람이다."

탈무드에는 다음과 같은 기록이 있다.

'다른 사람보다도 훌륭한 사람은 정말로 훌륭하다고 할 수 없다. 그 전의 자기보다도 훌륭한 사람이야말로 진실로 훌륭한 사람이다.'

다른 사람을 뛰어넘으려 하기보다는 자기 자신을 극복하기 위해 노력하는 사람이 결국 다른 사람들보다 뛰어나게 되는 법이다. 사람은 자신의 능력을 과소평가하는 경향이 있다. 다시 말해 가능성의 한계점을 스스로 한정하고 그것은 불가능한 일이라고 판단하는 것이다.

사람은 누구나 어머니의 뱃속에서 태어난다. 이것은 생물적인 출생이다. 이후 어느 시기가 되면 반드시 또 한 번 태어나지 않으면 안 된다. 그것은 자기가 자신을 태어나게 하는 것이다.

모든 사람은 그 사람 나름으로 창조력을 지니고 있다. 하지만 대부분의 사람들은 스스로 지니고 있는 그 창조력을 끄집어내려고 노력하지 않는다. 많은 사람이 세상을 바꾸겠다고 생각하지만, 자기 자신은 바꿀 생각을 하지 않는 것이다. 창조력은 근육과 같아서 계발하지 않으면 퇴보한다. 창조력은 교육을 통해 계발할 수 있다. 교육의 중요한 이유가 여기에 있다. 일방적인 주입식 교육이나 온실의 화초 같은 평범한 환경에서는 창조력을 키우고 발휘해야 할 동기 부여가 제대로 이뤄지지 않게 된다. 창조력은 대부분 극한의 상황 속에서 그것을 극복하는 과정에서 발휘되기 때문이다.

유대인의 교육은 일방적인 주입식 교육방식이 아닌, 대화와 토론의 교육방식이다. 유대인은 아이를 가르쳐야 할 대상으로 보는 것이 아니라 동등한 인격체로 대하기 때문에 어린 시절부터 어른들과 같이 토론하고 스스로 결론을 이끌어내는 교육을 한다. 유대인 부모들은 자식과 동등한 입장에서 대화로 모든 문제를 해결한다. 때문에 유대인 부모가 자식의 교육 문제에 대하여 인내와 끈기가 있어야 될 것 같다고 생각할 수도 있지만, 부모 또한 그들의 부모에게서 이와 같은 교육을 받으며 성장했기에 그것은 당연한 일로 받아들인다. 그것이 유대인의 전통인 것이다.

유대민족은 나라를 빼앗긴 최악의 상황을 교육을 통해 오히려 강점으로 승화시킨 민족이다. 그들은 창의성, 창조력을 발휘하지 못하면 살아남을 수 없었던 환경이었던 것이다.

유대인은 창의력과 창조력이 발휘되도록 어릴 때부터 교육에 의해 키워진다. 자주 여행을 하며 자연 속에서 사물의 이치를 직접 느끼며 생각하게 하고 창의적인 사고를 할 수 있는 환경을 조성한다. 그래서 배우는 것은 즐거운 일이라는 것을 스스로 터득하게 한다. 이러한 교육방식은 학교 역시 가정과 동일하다. 가정과 학교가 분리된 것이 아니라 공동의 교육장인 것이다. 아이 하나를 키우려면 온 동네가 다 나서야된다는 말이 있듯이, 사물을 바르게 분별하는 능력을 갖춘 지성인을 육성하기 위해 온 민족이 동일한 마음인 것이다.

지성(知性)은, 은(銀)그릇과 같아서 닦기를 게을리 하면 변화해야 하는 시기를 놓치게 된다. 그러므로 실생활에 활용할 수 있는 배움을 다양하게 습득해야 한다. 서로 다른 여러 가지 지식을 배우면, 그것으로부터 터득된 지식들이 서로 어울려 새로운 지혜와 통찰력을 솟아나게 만든다. 각기 다른 요소가 서로 작용을 하는 것이다. 그래서 종종 스스로도 놀랄 만한 새로운 견해가 생겨나기도 한다.

사회가 경제적으로 급속히 성장하면서 지적인 인재를 필요로 하고 있으며, 사람들의 사회적인 욕구 또한 다양해졌다. 사회의 다양화는 행복의 요소 또한 다양해졌으며 따라서 필요한 지식의 요소를 기하급수적으로 불어나게 만들었다. 삶의 행복을 위한 필요한 요소가 불어난 만큼 변화를 만들어 내는 요인도 복잡하게 얽히기 마련이다. 결국, 현대사회는 변화를 예측하기가 어렵게 된 까닭에 되도록 많은 지적인 요소를 비축하고 있는 인재를 요망하기에 이르렀다. 앞으로의 사회는 단지 근면하다는 것만 가지고는 정당한 평가를 받지 못하는 세상이 되었다.

시대의 요구에 따른 높은 수준의 지력(知力)을 유지하기 위해서는 언제나 새로운 지적인 자극을 받을 필요가 있다. 사람은 항상 새로운 것을 배우고 익혀서 능력의 향상을 꾀하지 않으면 세상의 흐름에 뒤처질 수 있다.

용기는 지성에서,
지성은 책에서 나온다

"책만큼 값이 싸면서도
오랫동안 즐거움을 누릴 수 있는 것은 없다."

중세 시대를 통해서 보면 유대인을 박해하던 권력자들은 유대인들의 가슴속에 간직되어 있는 지식, 즉 책의 힘을 두려워했다. 예를 들면, 스페인에서 유대인이 추방되었을 때에 당시의 스페인 국왕은 만일 히브리어로 된 책을 가지고 있는 것이 발각되면 누구라도 사형에 처한다는 포고령을 내렸다.

탈무드는 각 나라 여러 곳에서 집필되었는데, 지금까지 불태워지지 않고 보물처럼 전해 내려오는 오직 한 권인 바빌로니아의 〈탈무드〉가 바로 오늘날 우리에게 전해지는 탈무드인 것이다.

유대인들의 책을 불태우는 사건은 오랜 세월에 걸쳐 수없이 되풀이되었다. 시리아의 안티오쿠스 4세(기원전 175~163)도 탈무드를 불태우도록 명했다. 1242년에는 프랑스 파리에서는 24대의 마차에 가득 실린 탈무드가 불태워졌고, 1288년에는 트로에스의 거리에서는 10여 명의 유대인을 가둔 채 유대의 도서관이 불태워졌으며, 법왕 클레멘트 4세는 전 유럽에서 탈무드를 압수해서 불태우도록 명령을 내렸다. 영국에서는 1299년에 유대의 책을 소각할 것을 명하는 법령이 반포되었으며, 1415년에는 법왕 베네딕트 13세, 1510년에는 맥시밀리안 황제, 18세기에 들어오면 데보스키 추기경이 유대인의 책을 없을 것을 명하고 있다. 좀 더 최근의 역사를 보면 나치스가 전 유럽에 있는 유대 관계의 서적을 찾아내어 불태웠다.

이렇듯 역사적으로 계속되었던 박해에도 불구하고 유대인들은 책을 소중히 하였다. 기원전 5세기, 페르시아의 알타 쿠세르쿠스1세는 다음과 같이 기록하고 있다.

'유대인들의 모여 사는 지방에는 도서관이 숱하게 많을 뿐만 아니라, 언제나 사람들이 가득 모여서 책을 앞에 놓고 논쟁하는 모습을 흔히 볼 수 있다.'

유대인들은 책을 항상 보물처럼 다루어 왔다. 고대 유대에서는 책이 낡아서 책장이 떨어지고 글자가 희미해져 더 볼 수 없게 되었을 때에는 사람들이 모여서 성자(聖者)를 매장하듯이 정성을 다해서 구덩이를 파서 묻었다. 유대인은 스스로 책을 불태우는 일은 절대로 하지 않았다.

여기서, 유대인 가정의 책에 대한 태도를 살펴보자.

유대 가정에서는 아이들이 철이 들 무렵이면 〈성서〉를 펼치고 거기에 꿀을 떨어뜨린다. 그리고는 아이들이 입을 맞추도록 한다. 이것은 책이 달다는 사실을 가르치기 위한 의식이다. 유대인에게 성서를 읽는 것은 의무였기 때문이다.

유대인은 '바미츠바(성인식)'때면 교회에서 반드시 성서의 한 구절을 사람들 앞에서 읽어야만 한다. 또 유대인의 묘지에는 흔히 책이 놓여 있다. 그것은 생명이 다하더라도 공부는 끝나지 않았다는 것을 의미하고 있다.

자식에게 물려주어야
할 것은 무엇인가

"책은 위대한 천재가
인류에게 남긴 유산이다."

자식에게 물려주어야할 진정한 '유산'은 무엇인가?

부모가 되어보아야 부모의 마음을 이해할 수 있다는 말이 있듯이, 자식이 바라보는 부모는 어떤 존재인가?

삶이 여유롭고 기쁠 때는 부모에 대한 그리움도 그리고 좀처럼 의식하지도 않으면서 삶이 힘들고 괴로울 때면 원망의 대상으로 비로소 생각하는 사람이 자신의 부모님은 아니었는지 생각해 보아야 할 일이다. 돈 때문에 부모를 살해하는 패륜적인 사건들이 종종 보도되고 있다. 그것도 사회적으로 명망 있고 경제적으로 부족함이 없을 것 같은 부류의 사람들이 유산의 불공정 배분에 대한 앙심을 품고 부모를 살해한 사건의 보도소식은 충격을 넘어 인간으로서의 존재의미를 생각하게 한다.

성경에 청지기 사상이란 말이 나온다. 청지기란 주인 대신 재산을 관리하는 사람으로, 사람은 하느님의 재산을 관리하는 청지기에 불과하며 소유한 재물은 마음대로 쓸 수 있는 사유물이 아니라 하느님의 뜻에 맞게 사랑을 실천하는 도구로 사용해야 한다는 것이다. 이러한 사상의 토대에서 유럽의 상속제도는 부의 대물림을 배척하고, 사회화를 중요시한다. 부의 대물림을 원천적으로 차단함으로써 부모의 재산 여부에 상관없이 개개인의 능력으로 명예와 부를 얻을 수 있도록 제도적으로 만든 것이 선진국의 제도이다.

사회복지가 제대로 작동하지 않는 후진국일수록 부모는 자녀의 미래를 걱정한다. 그러한 까닭에 정상적이지 않은 방법으로 재산을 물려주는 편법이 성행하는 것이다. 법적으로나 또는 국민성이 성숙하지 않은 국가의 부모들은 자식들에게 고급자동차를 사 주거나, 지나친 용돈을 주거나, 혹은 능력 이상의 학교에 보내기 위해 법을 무시하기도 한다. 이러한 행동은 부모 자신이 소유할 수 없었던 것을 자식에게 해 주려는 심정에서 그런 짓을 하는 경우가 있다. 물론 자식이 자신의 능력으로 좋은 회사에 입사하고, 원하는 상급학교에 진학하는 것은 기쁜 일이다. 그러나 자식의 능력을 파악하지 못한 부모의 탐욕은, 종종 자식이 독립된 인격체로서의 삶을 살지 못하게 하며 결과적으로 자식에게 주체성이 없는 인생을 살게 하는 것이다. 이런 부모일수록 자신들의 사랑(?)을 알아주지 않는 자식에게 실망하게 된다. 그럼으로써 서로의 잘못을 깨닫지 못하고, 갈등으로 파국을 맞이하는 모습을 자주 본다.

탈무드에는 다음과 같은 내용이 있다.

'어리석은 자식에게 부를 물려주어도 올바르게 지킬 수 없고 많은 책을 물려주어도 다 읽지를 않으니 자식에게 부를 물려주는 일은 다른 사람을 위한 선행을 하는 것만 못하다.'

부모의 재산에 관심을 갖는 자녀의 이기적인 욕망의 저변에는 물질만능주의에 물든 사회적인 책임이 크다고 할 수 있다. 노동의 참된 가치와 성실의 보람을 무시하는 물질만능사회에서는 남을 속여서 사기 치고, 도둑질 하는 것이 땀 흘려 노력하는 노동보다 돈을 벌기가 쉽다고 생각할 수 있다. 이러한 잘못된 사회구조의 개혁을 위해서는 시간은 걸리겠지만,

교육의 역할이 가장 중요하다. 교육을 통해 자식은 부모가 지니고 있던 애정·근면·겸허·검약의 정신과 좋은 품성들을 이어받는 것만으로도 부족함이 없다는 것을 교훈으로 심어주는 것이 필요하다.

탈무드는 다음과 같이 말로 이에 대한 가르침을 주고 있다.

'부모가 나의 마음에 남겨 주었던 좋은 품성들을 나도 자식들에게 물려주고 싶다.'

'다섯 살 난 자식은 당신의 주인이고, 열 살 된 자식은 노예이며, 열다섯 살이면 동격(同格)이 된다. 그다음부터는 교육하기 나름으로 벗이 될 수도 있고 적이 될 수도 있다.'

스승과 부모는
산과 같다

"교사가 지닌 능력의 비밀은
인간을 변모시킬 수 있다는 확신이다."

캘리포니아 주의 수도인 새크라멘토에 가면 주 의회 의사당에 다음과 같은 말이 새겨져 있다.

'높은 산봉우리만큼 우뚝 솟은 사람을 만들자!'

히브리어로 산을 '하림'이라고 한다. 어버이는 '호림'이라 하고, 스승은 '오림'이라고 부른다. 그래서 유대인은 어버이와 스승은 산과 같이 우러러 보는 높은 존재라고 생각한다.

유대인은 교육에 열성적인 민족이다. 세 살이 되면 교육을 시작하여 매주 6일간, 하루 여섯 시간에서 열 시간을 열심히 공부한다. 가정과 학교에서 〈토라〉와 〈탈무드〉를 배우면서

'바미츠바(성인식)'에 대비하는 것이다.

유대인은 하루라도 배움이 없이는 살아갈 수 없다는 것이 기본적인 삶의 자세다. 유대인들이 어릴 때부터 부모로부터 들어오던 말이 있다.

"배움의 고통을 견디지 못하는 사람은 반드시 무지의 고통을 겪게 될 것이다"

유대인은 논리적으로 맞지 않는 교육은 가르치지 않는다. 또한 어린아이라도 인격을 존중하며 능동적으로 행동하게 한다. 교육을 통해 최소한 어버이의 수준에 이르게 한다.

산이 하늘보다 더 높고자 해서 산봉우리가 높이 솟아 있는 것처럼 유대인 부모들 또한, 자식들을 위해 더 높은 학문의 능력을 올리기 위해 배움을 멈추지 않는다. 유대인 학생들은 산봉우리처럼 높은 지식능력을 갖춘 부모와 어깨를 겨룰 만한 높은 지식을 습득해야 한다고 가르침을 받는다.

유대인 가정의 교육방침은 공부를 강요하지 않는다. 다만 스스로 공부할 수 있는 환경을 조성한다. 부모의 욕심을 강요하지 않으며 아이의 선택을 존중한다. 함께 식사하며 자연스럽게 가족의 의미를 깨닫게 한다. 책 읽어주고 학습을 직접 지도하며 질문을 유도한다. 가정에서의 이러한 교육 방식으로 인하여 자녀는 스스로 성장한다. 가장 기본적인 스승은 부모라는 것이 유대인들의 생각이다. 유대인의 이러한 교육의 성과는, 전 세계 인구의 0.3%에 불과하지만 지금까지 스스로 유대인임을 밝힌 노벨상 수상자만 약 200여 명이며, 미국 아이비리그는 미국에서 일류대학의 상징이다. 유대인은 아이비리그에 매년 약 30%의 입학률을 차지하고 있다. 그것은 유형의 재산보다 눈에 보이지 않는, 누구에게도 빼앗기지 않는 무형의 자산인 '지식'을 최고의 가치로 여기고 있기 때문이다.

배우면 배울수록 사람의 두뇌는 더욱 발달한다. 지적 능력이 활발해지기 때문이다. 이러한 능력을 증명이라도 하듯, 500자리 숫자를 한 번 듣고 하나의 숫자도 빼지 않고 모두 외워서 기억력 부문에서 세계 기네스 기록을 보유한 〈천재가 된 제롬〉의 유대인 저자, 에란 카츠는 기자의 물음에 다음과 같이 말했다.

"에란 카츠 씨는 부모님에게 학습방법을 따로 배운 경험이 있나요?"

"부모님에게 공부에 대해 어떠한 압력을 받은 기억은 없습니다. 저는 고등학교 시절, 공부 때문에 노는 시간이 줄어드는 것이 싫었죠. 그래서 공부하는 시간은 줄이고 효과는 배가 되는 방법을 찾다가 어머니가 사다 준 기억술에 관한 책을 만나게 되었습니다. 기억술은 지식의 습득이 허락되지 않았고 노동에 시달리며 살아야했던 로마 시대, 유대인들이 자신의 지식을 자녀에게 물려주기 위한 교육방법으로 사용하기 위해서 만들어졌는데, 그 시절 유대인은 자신이 습득한 지식을 오로지 기억력에 의존하여 후손에게 지식을 전달해야했습니다. 사실 기억술은 현대인에게도 매우 중요한 학습방법입니다. 현대인은 컴퓨터 또는 스마트 폰 등 기계에 너무 많이 의존하기 때문에 두뇌를 계발하는 일을 소홀히 합니다.”

그는 또 다음과 같은 질문에 대해서도 말했다.

“유대인 공부법의 가장 큰 특징은 무엇입니까?”

“상상력입니다. 유대인에게는 ‘보이지 않는 신’이라는 개념이 있습니다. 유대인은 3천 년 전에 이미 보이지 않는 초자연적인 존재, 만질 수도 볼 수도 없는 초월적인 존재가 있다는 생각을 했습니다. 상상력으로는 불가능하다고 생각하는 일도 가능하게 할 수 있습니다. 또한 비논리적인 것도 상상력의 도움으로 논리적으로 만들 수 있습니다. 아주 먼 옛날, 누군가가 “언젠가는 사람이 저 달에 갈 수 있을 거야”라고 말했다면 당시에는 비논리적이었겠지만 과학과 학문의 발전으로 인하여 현대에는 사람이 달에 갈 수 있다는 것이 당연한 논리가 되었죠. 이렇듯 유대인은 억압받던 당시에도, 또한 지금도 현실을 바꾸고 싶어 합니다. 여러분도 현실을 바꾸고 싶다면 상상의 힘을 이용하길 바랍니다."

배움에는
때와 장소가 없다

"아무것도 배우지 않고 있기보다는
무용한 사물이라도 배우는 편이 낫다."

유대인의 존경을 받는 랍비인 히렐은 젊은 시절에는 매우 가난했다. 그는 〈토라〉를 배우고자 열망했지만 몹시 가난했기 때문에 배움에 대한 강한 의욕에도 불구하고 정상적인 교육을 받을 수가 없었다. 그러나 그는 공부를 할 수 있는 방도를 고민한 끝에 자신의 숙원을 풀 실마리를 찾아내었다. 히렐은 열심히 일을 해서 모아놓은 돈을 쪼개어 그 절반으로 생활을 꾸려나가기로 하고 나머지 절반의 돈을 가지고 학교의 문지기를 찾아가서 애원했다.

"이 돈을 모두 당신에게 드리겠습니다. 그 대신 제가 학교에 와서 공부할 수 있도록 허락해 주십시오. 그렇게 된다면 저는 현인들의 말씀을 들을 수 있을 것입니다."

이렇게 해서 청년 히렐은 수업을 받을 수 있게 되었다. 하지만 가진 돈이 워낙 적었기 때문에 얼마 가지 못해 빵을 살 돈조차 떨어져 버렸다. 그러나 그를 낙담시킨 것은 굶주림이 아니었다. 문지기가 그를 더 이상 학교에 들어오지 못하게 막는 일이 더 큰일이었다. 하지만, 그만한 난관으로 학업을 포기할 히렐이 아니었다. 그는 이러한 역경을 다음과 같은 방법으로 극복해 내었다. 그 방법은, 학교의 창 바깥쪽에 가로눕는 방법이었다. 그곳에서는 교실 안의 모습을 볼 수 있었고 랍비의 수업하는 소리도 희미하게나마 들을 수가 있었다.

그러던 어느 날이었다. 그 날은 마침 새버드(안식일) 전날이었는데, 모든 것이 얼어붙을 듯 차가운 바람이 몰아치는 겨울날이었다. 그 날 아침 랍비들이 여느 때와 마찬가지로 학교에 출근하여 교실에 들어갔는데, 맑은 날인데도 불구하고 교실 안이 어두운 것이었다. 아무이유 없이 교실 안이 어두운 것을 이상히 여긴 랍비는 그 원인을 알아보기 위해 창가를 점검했다. 그랬더니 창 밖에 누군가가 누워 있는 것이 아닌가. 그 사람의 몸 위에는 하얀 눈이 덮여 있었다. 그것은 꽁꽁 얼어붙은 히렐의 가엾은 모습이었다. 히렐은 그 자리를 남에게 들키지 않고 차지하기 위해 밤새 그 자리에 누워서 랍비의 수업을 기다리고 있었던 것이다.

이 이야기는 사람들의 입에서 입으로 전해져서 유대인 사회에서 화제가 되었다. 그 뒤로는 누가 가난해서 공부를 할 수 없다고 푸념을 하면, 사람들은 그에게 이렇게 말한다.

"당신은 히렐보다 더 가난한가?"

히렐의 이와 같은 굽힐 줄 모르는 의지는 후대의 유대 젊은 이들에게 뜻 깊은 힘이 되어 주고 있다.

유대인들의 공부에 대한 열정은 상상을 초월한다. 유대인들은 천국의 모습을 마치 거대한 도서관으로 상상하고, 유대교의 전설에 나오는 가장 높은 천사 메타트론이 그 도서관의 사서로 일하고 있을 것이라는 상상을 했다.

나 역시 늘 생각해오던 천국의 모습도 이와 비슷한 모습일 것이라고 상상한다. 그러한 까닭은 인간이 누릴 수 있는 가장 고귀하고 품격 있는 즐거움이 바로 배움과 깨달음의 즐거움이기 때문이다. 책과 지혜를 사랑하고 즐기는 것은 천국의 삶을 지상에서 누리는 것이라고 해도 무방하지 않을까?

공부에도 다 때가 있다는 말을 많이 들어왔다. 하지만 그것은 교육제도의 틀 안에서 그렇다는 뜻이다. 공부의 의미를 배움의 차원으로 바꾸어서 말한다면 배움은 삶이 다하는 순간까지 지속되는 것이다.

여기서, 불타는 향학열의 소유자였던 히렐의 명언을 몇 가지 더 들어 보자.

"지식이 더 넓어지지 않는 사람은 퇴화하고 있다고 생각해야 한다."

"수줍어하는 자는 배울 수가 없다. 마음이 악한 자는 가르칠 수가 없다. 속된 일에 빠져 있는 자는 지혜롭게 될 수가 없다."

"자신을 위해서만 재능을 쓰는 자는 정신적으로 자살하는 것이나 다름없다."

Chapter 02

역경을 딛고
다시
일어서라

Today is
yours to
shape
create a
masterpiece

마지막 한 수가
남아있다

"실패한 자가 패배하는 것이 아니라
포기한 자가 패배하는 것이다."

인류 역사가 시작된 이래, 세계 곳곳에서는 끊임없는 전쟁과 자연재해 등으로 인류는 커다란 위험에 직면하면서 살아남았다. 이러한 재앙의 원인 가운데에는 인간 스스로가 자초한 고난도 많다. 하지만, 그래도 우리는 인간의 존엄성을 믿어야 한다. 물질 속에 있는 에너지를 개발하는 능력을 지닌 인간이 그 지식을 이용해서 아름다운 세계를 파괴하리라고는 아무리 생각해도 옳은 일이 아니기 때문이다.

그럼에도 불구하고 우리가 살아가고 있는 세상에서는 종종 우리의 삶을 절망하게 만드는 사례가 거의 매일 보도 되고 있다. 신문에는 밝은 면보다는 오히려 폭력·고통·무관심·무감각으로 곤란에 빠져 버린 세계의 모습을 보게 되는 일이 많다. 우리 주위의 생활을 둘러보더라도 이혼이나 자살, 노여움과 고통, 다툼과 혼란, 게다가 사람과 사람 사이의 단절을 보지 않는 날은 거의 없다.

이러한 상황 속에서 나는 도대체 앞으로 어떻게 살아가면 좋은가 하는 생각이 들 때도 있다. 그렇지만 언제까지나 이러한 절망스런 세상을 한탄할 수만은 없다. 때로는 깊은 감명을 주는 이야기에 새로운 용기가 솟아나기도 한다.

어느 유명 박물관의 벽면에 아주 특이한 그림이 한 폭 걸려 있었다. 그 그림에는 〈체크(장군)!〉라는 제목이 붙어 있었는데, 사람과 악마가 장기를 두고 있는 모습이 그려져 있었다.

인간이 지금까지 쌓아 올린 지혜·통찰력·경험·전략을 총동원해서 악의 상징인 악마를 상대로 대적하여 싸우고 있는 것을 표현한 것이다.

과연 어느 쪽이 이길까?

양쪽은 필사적으로 서로 자기가 지니고 있는 모든 능력을 총동원하고 있는 듯하다. 그림에서 표현하고 상황은 아주 중요한 싸움이고 긴박한 승부를 표현하고 있었다. 하지만 안타깝게도 그림의 제목에서 보듯, 악마가 인간에게 체크(장군!)을 부르고 있는 형국으로 인간은 도저히 이 상황을 모면하기 어렵게 표현되어 있었다.

한 젊은이가 그림을 오랫동안 뚫어지게 쳐다보고 있었다. 얼마 후 그는 갑자기 흥분해서 말했다.

"악마가 인간에게 "장군"을 외치다니 어디 될 법이나 한 말인가?"

무심결에 그 젊은이의 입에서 튀어나온 한 마디였다. 젊은이는 그림을 뚫어지게 노려보고 있었다.

어느 순간, 그 젊은이는 펄쩍펄쩍 뛰며 미친 듯이 큰 소리로 부르짖었다.

"거짓말이다. 거짓말이야!"

박물관에서는 큰 소리를 지르는 것이 금지되어 있었기에 경비가 바로 달려와서 그 사람을 밖으로 데리고 나갔다. 그러자 얼마 후, 젊은이는 다시 그 자리로 와서 그림 앞에 섰다. 한참을 바라보다 또 감정이 북받치는 듯 또 다시 큰 소리로 부르짖었다. 다시 경비들이 달려와 밖으로 끌어냈다. 그 사람이 또 미술관 안으로 들어오려고 하자 박물관 내의 정숙을 위해서 특별 감시원이 문 앞을 지키고 서 있었다. 이번에는 그의 주위로 많은 사람들이 몰려들었다. 그는 또 외치기 시작했다.

"거짓말이야! 저 그림은 거짓이야. 끝장이 아니라 희망은 남아 있어. 아직 한 수가 남아 있단 말이야!"

그의 외침에 주위로 모여든 사람들도 그림을 자세히 들여다보았다. 사람 쪽이 함정에 빠져서 게임에 질 것처럼 보였지만 그 젊은이는 완전한 '체크(장군)!'가 아니라 아직 위기를 벗어날 방법이 남겨져 있다는 것을 알아차린 것이다.

"인류에게는 마지막 한 수가 남겨져 있습니다. 그 한 수로 구원을 받을 수 있습니다. 우리에게는 아직 희망이 남아 있습니다."

그곳에 모여든 사람들도 모두 젊은이가 외치는 소리의 뜻을 깨달았다. 악마가 인간에게 장기로 승부를 걸어 인간은 어쩌지도 못하는 궁지에 몰려 있는 듯 보이지만 구원의 마지막 한 수가 남아있는 것을 발견한 것이다.

인간의 삶이 미래를 장담할 수 없을 만큼 온통 곤란과 장애물이 사방을 막고 있는데, 어떻게 그 가냘픈 희망을 키워나갈 수가 있는가 하고 물을지도 모른다.

하지만 절망의 한 가운데에서도 희망을 생각할 필요가 있다.

예를 들어, 악과 싸우는 것도 방법이지만, 악의 반대인 선을 강화시키는 노력을 하는 것이다. 질병과 싸울 때의 가장 유효한 수단은 적극적으로 자신의 몸을 튼튼하게 하는 것이다. 휴식과 영양을 충분히 취한 몸은 바깥에서 쳐들어오는 적에 대해서 강력하게 저항한다.

올바른 삶을 위해서 우리들은 내면의 훌륭한 성질을 이끌어 내어야 하며, 자기 자신을 똑바로 바라보기 위해서도 그러한 능력을 키우고 계발하지 않으면 안 된다. 우리들에게 가장 큰 적은 본능적인 욕망, 선한 행동을 방해하려는 약한 마음이다. 공포·소심·무기력 등은 항상 우리들의 활동을 억제하려 하고 있다. 행복한 세상을 만들기 위해서는 희망을 잃지 말아야 하며, 희망 그 자체가 가장 큰 힘이며, 행복이라는 것을 항상 마음에 새겨 둘 필요가 있다.

명일(明日) 새벽은
밝아올 것이다

"내일의 일을 훌륭하게 하기 위한 최선의 준비는
바로 오늘 일을 훌륭하게 완수하는 것이다."

내일과 같은 뜻으로 명일(明日)이라고도 한다. 누가 내일과
같은 뜻으로 밝은 날, 명일(明日)이라고 했을까?

현자의 지혜와 희망의 환희가 느껴지지 않는가!

오늘, 극복하기 힘든 상황에 처해있는 사람에게 내일은 밝
은 날이 올 것이라는 희망이 없다면 얼마나 잔인한 일인가.

오늘, 나를 둘러싸고 있는 일들이 난감하고 괴로운 것일지
라도, 내일은 밝은 날이 찾아올 것이라고 희망을 선택하자.

내일은 밝은 날이 밝아오는 새벽을 맞이할 수 있을 것이다.

인간이 감당할 수 있는 절망적인 상황이 어디까지인지 도저히 상상하기 힘든 처지에서 빠져나온 유대인, 레히의 이야기다.

나치 강제 수용소 아우슈비츠. 1940년에 나치가 설립한 강제 수용소로 대규모 가스실과 시체 처리 시설을 갖추고 유럽에 흩어져 있는 유대인을, 1945년 나치 독일이 진압되기까지 하루 약 3,000여명의 사람을 독가스로 죽여서 화장을 했다. 나치 독일은 이러한 수용소를 동유럽 곳곳에 6곳 설립하였는데, 폴란드에 세운 아우슈비츠 수용소에는 130여만 명이 구금되었으며 110여만 명이 희생되었다. 그 중 90%가 유대인이었다.

아우슈비츠에 강제 수용된 레히는 수용소에서 수많은 유대인과 자신의 가족들이 죽음의 가스실로 끌려가는 것을 목격했다. 탈출을 시도하는 유대인도 있었지만 그들은 모두 총살되었고, 남아있는 유대인들은 무기력하게 자신의 죽음을 기다리고 있었다. 하지만 레히는 이대로 죽을 수 없다고 생각했다. 그는 함께 수용되어 있는 유대인들에게 물었다.

"어떻게 하면 우리가 이 끔찍한 곳을 탈출할 수 있을까?"

하지만 그들의 대답은 절망적이었다.

"소용없는 일이야. 여기서 탈출할 수 있는 길은 없어, 다들 총살된 거 보면 몰라? 우리에게 희망은 없어."

그러나 레히는 이런 끔찍한 현실을 도저히 받아들일 수 없었다. 그는 자신에게 끊임없이 질문을 했다.

"어떻게 하면 이 곳에서 탈출할 수 있을까?"

해답은 생각하지 못했던 방법으로 찾아왔다. 그가 일하는 작업장에서 얼마 떨어지지 않은 가스실에서 죽임을 당한 수많은 시체들이 트럭으로 던져지고 있는 광경이 눈에 들어왔던 것이다. 다른 포로들은 그 광경을 보며 절망하며 말했다.

"나는 언제 저 가스실로 끌려갈까?"

레히는 그 광경에서 문득 떠오르는 생각이 있었다. 그는 한순간도 그 생각을 놓칠 수 없었다. 그리고 그 곳을 향한 시선을 뗄 수가 없었다. 드디어 레히는 자신의 계획을 실행으로 옮겼다. 하루 일과가 끝나고 작업자들이 막사로 돌아갈 때 감시가 소홀한 틈을 이용하여 그는 재빨리 트럭으로 올라가서 입고 있던 옷을 모두 벗어던지고 시체 속으로 몸을 숨겼다. 그는 시체들과 한 덩어리가 되어 꼼짝하지 않고 있었다. 시체 썩는 고약한 냄새가 코를 찔렀고 차갑게 굳은 시체들이 몸을 덮고 있었다. 그는 두근거리는 가슴을 달래며 트럭이 출발하기만을 기다렸다. 이윽고 트럭의 시동 소리가 들렸다. 트럭이 덜컹거리며 움직이는 것이 느껴졌고 그는 희망이 솟구쳐 오르는 것을 느꼈다. 마침내 트럭이 멈추고 수용소 담장밖에 위치한 엄청난 크기의 구덩이 안으로 시체들과 함께 쏟아져 내렸다. 레히는 밤이 될 때까지 움직이지 않고 기다렸다. 그리고 주위에 인기척이 없는 것을 확인한 후, 시체더미 속에서 빠져나와 알몸으로 40킬로미터를 달린 끝에 나치의 만행이 없는 자유의 땅에서 빛나는 불빛을 볼 수 있었다.

희망은 어둠속에서도 자라고 있는 것이다. 포기하지 말라.
밝은 날, 명일(明日)새벽은 반드시 올 것이다.

〈안네의 일기〉에는 다음과 같은 내용이 있다.
「나는 하늘을 올려다보며, 생각한다. 언젠가는 모든 것이 지금보다 더 나아지고, 이 야만적인 행위도 끝이 나고, 평화롭고 평온한 세상이 다시 찾아올 것이라는 것을 믿는다. 그때까지 나는 희망을 간직하고 있어야만 한다. 내 희망이 이루어지는 날이 꼭 올 것이다.」

해가 지면서
하루가 시작된다

"희망은 잠자고 있지 않는 인간의 꿈이다."

보통 하루라고 하면 일반적으로 아침부터 밤까지라고 생각할 것이다. 그러나 유대인은 반대의 개념으로 생각한다. 바로 여기에 유대인이 온갖 고난을 헤치고 살아남은 비밀이 감추어져 있는 것은 아닐까.

유대인이 생각하는 하루의 개념, 즉 하루의 시작은 해가 떨어지고 난 저녁부터 시작된다는 이유를 성경에서 찾아볼 수 있다.

(창 1:5) 하나님이 빛을 낮이라 부르시고 어둠을 밤이라 부르시니라 저녁이 되고 아침이 되니 이는 첫째 날이니라.

창세기 1장에서 하느님이 세상을 창조하신 일을 기록하면서 "저녁이 되고 아침이 되니 이는 첫째 날"이라고 기록하였다.

시편 55편 17절에서 다윗은 "저녁과 아침과 정오에 내가 근심하여 탄식하리니 여호와께서 내 소리를 들으시리로다"라고 하였다. 다윗 역시 하루의 개념을 저녁, 아침, 정오의 순으로 말한 것이다.

유대인의 안식일은 금요일 저녁 해지고 난 후에 시작되어 토요일 해가 지는 때까지 계속된다. 이러한 유대인이 생각하는 하루 개념에는 하느님을 신뢰하는 믿음이 담겨 있다는 것을 알 수 있다. 유대인은 하느님이 기뻐하는 6일을 준비하기 위해 우선 편한 휴식을 취해야한다고 생각했다.

유대인의 안식일인 '새버드'를 보더라도, 금요일의 일몰부터 시작해서 토요일의 일몰로 마무리된다. 이러한 하루의 시간에 대한 사고방식으로 그들의 정신세계를 엿볼 수 있다.

탈무드에는, 랍비들이 어째서 하루가 일몰부터 시작되는가 하는 논쟁을 기록한 사실이 있다. 랍비들의 하루에 대한 개념의 결론은, 하루가 밝은 무렵에 시작이 되어 어두워서 끝나기보다는 어둠에서 시작해서 밝은 무렵에 끝나는 편이 논리적이고 현실적이라는 것이다.

가령, 최고의 속력으로 달리기를 해야 하는 육상선수의 경우,

최대한 힘을 쏟아 부어 달린 후, 충분히 휴식을 취할 것인가?

충분한 휴식을 취한 후, 최대한 힘을 쏟아 부어 달릴 것인가?

이와 같은 상황이라면 다음과 같은 해석이 가능하다.

전자의 경우, 최대한 힘을 쏟아 부어 달리기를 해야 하는데, 그것에 대한 준비가 설명되어 있지 않다. 하지만 후자는 최대한 힘을 쏟아 부어 달리기 위해서 충분한 휴식이라는 준비하는 시간이 먼저여야 한다는 논리의 타당성이 존재한다.

유대인은 무척이나 낙관적이다. 아무리 곤경에 처해 있더라도 때가 되면 반드시 좋아진다고 생각하고 있다.

희망은 미래를 자기의 것으로 만드는 계기가 된다. 사람이 지니고 있는 힘 가운데서 희망은 가장 강한 힘이다. 희망이 살아 있는 한, 인간은 미래의 꼬리를 놓치지 않고 붙잡고 있는 셈이다. 희망은 미래라고 하는 냄비에 붙어 있는 손잡이와도 같다. 그것을 놓쳐서는 안 된다. 사람들이 죽음을 두려워하는 까닭은 죽음이야말로 바로 희망이라는 줄이 끊어진다고 생각하기 때문이다. 희망을 잃지 않는 한 인간은 앞으로도 영

원히 발전을 거듭하며 살아나갈 수 있는 유일한 동물임에 틀림없다.

탈무드는 다음과 같이 기록되어 있다.

'희망의 등불을 계속 지니고 있으면 어둠 속에서도 견딜 수가 있다.'

인생 앞에 놓인
세 개의 문

"'아차'하는 순간에 모든 일은 과거가 된다."

인생에는 세 개의 문이 있다.

하나는 과거로 가는 문이고, 또 하나는 현재의 문이며, 마지막 하나는 미래로 들어가는 문이다. 세 개의 문, 어느 곳이라도 소홀히 생각하거나 닫혀 있으면 안 된다. 각각의 문 안에는 관심을 기울이지 않으면 세상에서 다시는 볼 수 없는 귀한 보물들이 가득하다. 세상에 하나 밖에 없는 귀한 보석을 다루듯이 그것을 소중하게 생각하는 삶이 인생을 아름답게 만든다.

자, 너무 아름다운 이야기를 담고 있는 세 곳의 문으로 조심스럽게 들어가 보자.

많은 연륜을 쌓은 노인은 어째서 존경을 받아야 하는가?

그것은 과거의 문 안에 보물이 있기 때문이다.

아프리카의 작가, 아마두 함파테 바(Amadou Hampate Ba)는 1962년 유네스코(UNESCO) 연설에서 '노인의 사회적 가치'에 대하여 다음과 같이 말했다.

"노인의 연륜과 경험은 사회적으로 보호해야 하고 존중해야 할 귀중한 자산이다. 노인 한 사람이 죽는 것은 도서관 하나가 불타 사라지는 것이다."

이처럼 노인에게는 풍부한 연륜과 경험, 지혜가 가득 담겨 있으며, 위대한 지혜의 보고인 것이다.

어느 영화에선가 한 노인이 젊은 사람에 대한 섭섭한 마음을 표현한 대사가 있다.

"너도 언젠가는 늙은이가 될게다, 너의 젊음이 노력으로 얻은 상이 아니듯, 내 늙음도 내 잘못으로 받은 벌이 아니다."

늙은 노인의 모습은 곧 다가올 자신의 모습임을 잊지 말아야 할 것이다.

청춘기의 선남선녀는 왜 아름답게 보이는가?

현재의 문 안에 보물이 있기 때문이다.

청춘의 의미는 나이의 많고 적음에 있는 것이 아니다.

젊음이 좋다, 아름답다고 하는 이유는,

새로운 지식을 쌓아 둘, 불가능하다고 생각하는 그것에 도전할 기회가 아직 남아 있기 때문이다.

하지만 정열이 넘치는 청춘의 시기는 과거의 어린 시절의 꿈을 잃어버리고 미래의 노인이 된다는 것을, 생각하지도 않는 위험한 시기이기도 하다. 진정한 아름다움은 어느 깃 하나, 소홀함이 없을 때 완성된다.

어린이는 왜 사랑스러운가?

그것은 미래의 문 안에 보물이 가득 쌓여 있기 때문이다.

유대인은 아이가 태어나서 3살 무렵이 되면 탈무드 교육을 시작한다. 그것은 유아기의 중요성을 알기 때문이다. 어린이는 아무것도 그려지지 않은 하얀 도화지와 같다. 어떤 그림이 그려질지 모르는 순백의 세계인 것이다. 유대인은 그것에 인성교육이라는 그림을 정성을 다해서 그려나갔다. 그들은 칼이나 돈보다 펜이 강하다는 신념이 있었기 때문이다.

유대인이 어린 자식에게 희망을 전하며 살아왔기에 그들은 그토록 가혹한 역사의 굴곡을 이기고 세상에 살아남을 수 있었다. 유대인은 결혼을 하여 아이를 낳는 것을 가장 성스러운 일이라고 생각한다. 그것은 아이를 낳아서 진정한 유대인으로 살아가게 하는 것이 가장 훌륭한 의무라고 생각하기 때문이다. 어린이는 미래세상의 모든 것이다.

현재가
가장 중요하다

"미래는 현재에 의해서 만들어진다."

탈무드에는 다음과 같은 글이 있다.

'내일의 일을 근심해도 별도리가 없을 것이다. 오늘 바로 코앞에 닥치는 일도 모르는 처지에'

다음의 이야기는 유대인의 낙천적인 성격을 말하고 있다.

친구인 아이작으로부터 돈을 빌린 야곱은, 돈을 갚기로 약속한 날짜는 닥쳐오는데 갚을 돈이 수중에 없었다. 야곱은 걱정이 된 나머지 잠을 이룰 수가 없었다. 야곱은 침대에서 일어나 안절부절못하고 서성이다 또 의자에 앉아 머리를 싸매고 걱정을 했다.

아내인 레베카는 남편의 불안해하는 모습을 보다 못해 침대에서 일어나며 말했다.

"당신 참 멍청하네요. 약속한 날짜에 당신이 돈을 못 갚는다면, 걱정스러워 잠을 못 이룰 사람은 당신이 아니라 바로 돈을 받아야 할 당신의 친구 아이작이잖아요?"

아내의 소리를 듣고서야 야곱은 비로소 마음을 가라앉히고 잠을 잘 수 있었다.

사람들이 근심하고 있는 대부분의 일은 현재의 관점이 아니라 과거에 있었던 일의 후회와 미래의 일에 대한 걱정이라고 한다.

하지만 지금 현재, 내 곁에 있는 소중한 것들의 의미를 무심코 지나친다면 미래의 어느 날엔가 후회하게 될 것이다.

"그때 그 사람에게 잘 해주었어야 했는데…."

"그때 그 일에 최선을 다 했으면 지금 내가 이렇게 되지 않았을 거야."

과거를 후회한들 돌이킬 수 없는 일이다. 미래를 걱정한들 알 수 없을 것이다. 현실에 충실하며 자신의 소망을 창조할 수 있는 미래를 바라보자.

과거의 실수에 얽매어 괴로워한다면, 그리고 노력은 하지 않고 미래에 대한 공상으로 시간을 허비한다면, 현재에 온전히 집중할 수 없다. 시간은 우리의 사정이 어찌되었건 계속 흘러간다. 오롯이 현재에 집중하는 것만이 최선의 방법이다.

　과거는 언제나 현재라는 강물을 타고 미래를 향해 자신을 흘려보내는 것이다. 그리고 미래는 현재라는 강물이 흘러가지 않으면 결코 형성될 수 없는 것이다. 따라서 과거의 슬픔에 젖어서 현재를 보지 못하거나 허황된 미래를 꿈꾸며 현재를 외면하는 것은, 아주 어리석은 사람들이 하는 행동이다.

　자신의 모습, 그것이 자랑스러운 모습이건 또는 비참한 모습이건 간에 그것은 지금까지 이어졌던 과거 자신이 보낸 시간의 결과물이다.

　그것이 비참한 모습이라면, 지금의 모습으로 남겨지지 않으려면 어떻게 해야겠는가?

　오로지 현재의 생각, 행동여하에 따라 당신의 미래는 다른 모습이 될 수 있다.

비록 지금은
말이 하늘을 날지 못하더라도

"희망은 강한 용기이며 새로운 의지이다."

유대인은 세상을 매우 낙관적인 관점에서 생각한다. 오랜 시간을 그들은 그렇게 살아왔다. 그러한 낙관적인 민족성이 아니었더라면 그들은 오래전에 사라졌을지도 모른다. 그들은 절망적인 나날에도 반드시 좋아진다는 신념을 버리지 않고 살아왔다.

예를 들면, 유대인들은 유월절에 모두 모여서 '아니마민'이라는 노래를 합창한다. 그것은 히브리어로 '나는 믿는다'라는 의미를 가진 내용의 노래이다. 이 노래는 나치스에 의해 감옥에 갇힌 유대인들이 죽음을 피할 수 없는 운명 앞에서도 '우리들은 구세주가 오실 것을 믿고 있다. 다만 구세주가 나타나는 것이 조금 늦어졌을 뿐이다.'라고 노래하며 스스로를 위로하며 부르던 노래다. 용기와 희망은 스스로 버리지 않는 한, 물리력을 이용하여 다른 사람이 뺏을 수 없다. 유대인은 그 절망의 골짜기에서 구세주가 나타나는 것이 조금 늦어졌을 뿐이라고 희망을 노래한 것이다.

구약성경에서 아브라함은 한없는 절망적인 상황에서도 희망의 끈을 놓지 않은 사람이다. 그는 100살이나 되었지만 자신의 뒤를 이을 자식이 없었다. 그렇지만 아브라함은 후사를 주시겠다는 하느님의 약속(창세기 15장 1~6절)을 한 순간도 잊지 않았다.

창세기 15장 1절에서 6절의 내용은 다음과 같다.

1절) 여호와의 말씀이 환상 중에 아브라함에게 임하여 이르시기를 "아브라함아 너는 두려워하지 말라. 나는 너의 방패요 너의 지극히 큰 상급이니라."
2절) 이에 아브라함이 말했다. "나의 주 여호와여, 당신이 나에게 주신다는 것은 무엇입니까? 나는 여전히 자식이 없습니다."

3절) 그리고 아브람이 말하였다. "보소서, 당신은 나에게 자식을 주지 않았습니다. 또 보소서, 내 집에서 태어난 종이 나의 상속자가 될 것입니다."

4절) 여호와의 말씀이 그에게 임하여 이르시기를 "그는 너의 상속자가 아니다. 네 몸에서 나올 자가 너의 상속자가 될 것이다."

5절) 여호와는 아브라함을 밖으로 이끄셨다. 그리고 말씀하셨다. "너는 정녕 하늘을 바라보아라. 그리고 너는 별들을 세어 보아라." 그리고 아브라함에게 말씀하셨다. "너의 후손이 이와 같이 될 것이다."

6절) 아브라함은 여호와를 믿었다.

모든 사람들이 아브라함의 믿음에 대하여 말하기를, 100세나 된 몸으로 2세를 얻는다는 것은 불가능한 일이고 더구나 부인인 사라의 태가 이미 닫혔기 때문에 있을 수 없는 일이라고 하였지만 아브라함은 하느님의 약속을 믿었다.

드디어, 아브라함이 나이가 많아 늙었고 여호와께서 그에게 범사에 복을 주셨더라 (창24:1)

그리고 아브라함은 독자 이삭을 얻었다.

도저히 헤어날 방법이 없는 절망적인 상황에서 희망을 바라본다는 것은 쉬운 일이 아니다. 견고한 믿음이 있어야만 가능한 일이다.

유대인의 우화 가운데 〈하늘을 나는 말〉이라는 동화가 있다.

옛날, 어떤 사람이 왕의 노여움을 사서 사형을 선고받았다. 그는 왕에게 살려달라고 탄원을 하며 이렇게 말했다.

"제게 일 년의 여유를 주신다면 왕께서 가장 애지중지하는 말을 하늘을 날도록 가르쳐 보이겠습니다."

일 년이 지나도 말이 하늘을 날지 못한다면, 그때 가서 자기를 사형에 처해 달라는 것이었다. 이 탄원은 받아들여졌다. 왕은 자신이 가장 사랑하는 말이 사형수의 약속대로 하늘을 날지 못한다면 그때 그를 사형에 처하겠다고 말했다.

"말이 어떻게 하늘을 날 수 있단 말인가?"

동료 죄수들이 그에게 묻자, 그는 다음과 같이 말했다.

"일 년 이내에 무슨 일이 일어날지, 미래의 일을 누가 알겠나? 일 년 이내에 왕이 죽을지도 모르고, 혹은 내가 죽을지도 모른다네. 더욱이 그 말이 죽지 말란 법도 없지 않나? 일 년 뒤에는 말이 정말 하늘을 날지도 모르는 일이거든."

역경은
사람을 더욱 강하게 한다

"역경에 부딪쳐서 고난을 극복해 본 적이 없는
사람은 자기 자신의 참된 능력을 알지 못한다."

유대인이 역경 속에서도 강인한 저항력을 지니는 것은 그들의 역사를 통해서 잘 알 수 있다. 중세시대, 유대민족은 로마에 의해 땅을 빼앗겼으며 그로인해 이스라엘 사람들은 유럽 각지로 흩어져 방랑하며 삶을 유지해야 했다. 안정적인 삶을 살기 위해서는 땅이 있어야 하는데 유럽의 대부분의 나라에서 유대인이 땅을 소유하는 것을 인정하지 않았다. 유대인의 집이 불태워지고, 또 심한 차별을 당할 때도 유대인들은 유대교를 포기하면 박해를 받지 않을 수 있었다. 그러나 결코 그들은 유대인임을 포기하지 않았다. 역사적으로 유대인 박해

사례를 보면 비참한 이야기는 너무나 많다. 다음은 나치스가 동유럽을 점령했을 때의 이야기이다.

폴란드의 작은 도시에 있는 어느 집에 나치스의 박해를 피해 몸을 숨긴 유대인 한 가족이 지붕 밑에 숨어 살았다. 바깥에는 나치의 군인들이 한 사람의 유대인이라도 찾아내기 위해 엄중하게 감시하고 있었다. 지붕 밑에 숨은 한 가족은 모두 다섯 사람이었다. 아이들의 부모와 열 살이 된 딸 레이첼과 여덟 살 난 아들 조슈, 그리고 삼촌인 야곱이었다.

그들은 이웃 주민들의 도움으로 근근히 식량을 구해 목숨을 연명하고 있었다. 이와 같은 상황은 동유럽 어디를 가든지 전해 내려오는 이야기다. 〈안네의 일기〉의 안네 역시 그 무렵 네덜란드의 암스테르담에서 가족들과 지붕 밑에 숨어 살았다.

가족들은 아주 작은 소리라도 내어서는 안 되었다. 그래서 손짓이나 몸짓으로 소통했다. 나치스의 순찰대가 올 때마다, 혹은 마을 사람 중에서도 유대인에게 호의를 가지고 있지 않는 사람이 나타날 때마다 숨소리조차 죽여야만 했다. 아버지와 어머니 그리고 삼촌은 식량과 물을 구하기 위해서 때때로 밖에 나가야만 했다. 창고 부근에서 발자국 소리가 들리면 부모들은 레이첼과 조슈의 입을 손으로 틀어막았다. 이렇게 일

가족이 지붕 위에서 숨어 지낸 지 삼 개월이 되었을 무렵, 어머니가 먹을거리를 구하기 위해서 밖에 나간 뒤로 다시 돌아오지 않았다. 어머니는 마을 사람 중 누군가의 밀고로 독일 군인에게 붙잡혔다는 사실을 알게 되었다. 그리고 나서 두 달이 지난 즈음, 이번에는 식량을 구하기 위해 밖으로 나간 아버지가 돌아오지 않았다. 배도 고프고 추위에 지친 아이들의 입을 이제는 삼촌인 야곱이 틀어막아야만 했다. 그리고 몇 달이 흐른 후 야곱 또한 식량을 구하기 위하여 밖으로 나갔으나 독일 병사의 총에 죽임을 당하였다. 야곱이 죽자, 필요한 식량이며 물을 가지러 가는 일을 누나인 레이첼이 도맡아야 했다. 창고 부근에서 무슨 소리가 들리면 누나가 조슈의 입을 얼른 막았다. 그러나 이 생활도 오래가지는 못했다. 이번에는 식량을 구하러 나간 레이첼이 돌아오지 않았다. 그다음부터 소리가 나면 조슈는 제 손으로 자신의 입을 틀어막아야 했다.

어린 조슈는 이 후에도 2년을 지붕 밑에 숨어 지내야 했다. 세상에 들어난 그의 몸은 뼈만 남은 불쌍한 몰골이었지만, 눈빛만은 빛나고 있었다.

이 이야기는 나치스가 망하고 사람들에 의해 구출되어 혼자 살아남은 조슈가 증언한 이야기다.

무지개는
희망을 상징한다

"희망이 있는 곳에 삶이 있다.
희망은 용기를 주고 강하게 만든다."

〈성경〉에는 하느님께서 노아의 방주를 통해 타락한 세상을 물로 벌하신 후, 다시는 이러한 벌이 없을 것이라는 징표로 무지개를 보이셨다고 기록하고 있다. 무지개는 하늘의 벌을 두려워하는 마음을 간직하고 살라는 가르침이 담겨있다.

유대인이 오늘날까지 살아남을 수 있었던 것은 결코 희망을 버리지 않았기 때문이다. 유대인은 무지개가 희망의 상징이라고 생각하고 있다. 폭풍우 뒤에 하늘 위에 아름다운 무지개가 피어나는 모습을 보며, 유대인은 생각했다. 지금은 비록 폭풍우가 몰아치듯 곤란한 삶이지만 언젠가는 자신들에게도 무지개와 같은 아름다운 삶이 활짝 피어오를 것이라는 희망을 가슴에 담았던 것이다. 역사상 이토록 혹독한 박해를 받은 민족은 달리 찾아볼 수 없을 정도지만 유대인들은 결코 좌절하지 않았다. 아무리 박해를 받고 짓밟혀도 반드시 살아남는다는 것을 그들은 역사를 통해서 증명하고 있다.

나라를 잃고 예루살렘 땅에서 쫓겨난 유대인들은 뿔뿔히 흩어져 세계 곳곳에서 자립하며 살았다. 하지만 유대인들은 자신들이 정착하여 몸담고 있는 그 나라의 문화나 풍습에 동화되지 않았다. 몸은 비록 다른 나라에서 살고 있지만, 하느님의 선택을 받은 민족이라는 자부심을 마음속에 간직하고 있었던 것이다. 각지에 흩어져 있는 유대인을 정신적으로 단결할 수 있도록 구심점이 되었던 것은 〈탈무드〉였다. 유대인은 이 시기를 '탈무드의 시대'라고 한다. 〈탈무드〉는 약 1500년 동안, 온 세계에 흩어져 살고 있는 유대인의 지도자 역할을 한 것이다.

탈무드는 히브리어로 미슈나(Mishnah), 즉 '가르치다'라는 뜻을 지니고 있는 유대인의 생활규범서이다. 탈무드는 법률, 전통, 축제, 유대인의 행동 강령 등을 모아 편찬한 것으로 성서 다음으로 유대인들의 정신적인 지주가 되어 왔다.

이러한 탈무드의 지침에 따라, 유대인들은 어떠한 박해에도 굴복하지 않는 불굴의 정신을 함양할 수 있었다. 이러한 정신의 바탕에는 비관하는 마음이 아니라 어떤 일에도 희망을 잃지 않는 낙관하는 정신이 있다. 유대인이 희망의 상징으로 폭풍우 뒤에 하늘에 떠오르는 무지개를 생각한 것은 그들의 낙관적인 정신을 잘 표현해 준다.

탈무드에는 다음과 같은 말이 있다.

"하느님은 명랑한 사람에게 축복을 내린다. 낙관은 자기뿐 아니라 다른 사람도 밝게 만든다."

"비관은 좁은 길이지만 낙관은 넓은 길이다"

조그마한 힘든 일에도 곧 좌절하고 포기하는 사람을 자주 볼 수 있다. 예를 들면 남에게 빚이 좀 있다고 해서 생을 포기하는 사람, 시험에 실패했다고 해서 다시 도전하지 못하고 패인의 삶을 사는 사람, 또 좌천되었다고 해서 자기 장래에 대한 노력을 포기하고 무의미하게 시간을 흘려버리는 사람 등. 이들은 문제를 낙관적으로 바라보는 것이 아니라 비관적으로 바라보기 때문에 그 문제를 극복하고 새로운 길을 발견할 수 없는 것이다.

탈무드에는 다음과 같은 수수께끼가 있다.

'사람의 눈은 흰 부분과 검은 부분으로 이루어져 있다. 그러나 어째서 하느님은 검은 부분을 통해서만 사물을 보도록 만들었을까?'

탈무드에는 그 물음에 대한 답으로 다음과 같이 기록하고 있다.

'인생은 어두운 곳을 통해서 밝은 곳을 바라보는 것이기 때문이다.'

목숨은 빼앗겨도
신념은 굽히지 않는다

신념(信念)이란 굳게 마음을 정하여 어떠한 것에도 흔들리지 않는 생각이다. 신념은 자신이 옳다고 생각하는, 그것에 대한 반석과 같은 믿음이 있어야 한다. 그러므로 신념이 굳건하다면 그 무엇도 두려워 할 것이 없다.

목사이며 사상가인 헤리 에머스 포스딕은 신념에 대하여 다음과 같이 말했다.

"두려움은 우리를 가두고, 신념은 우리를 석방한다. 두려움은 우리의 정신을 마비시키고, 신념은 힘을 준다. 두려움은 용기를 빼앗고, 신념은 용기를 준다. 두려움은 병을 주고, 신념은 약을 준다. 두려움은 모든 것을 무용지물로 만들고, 신념은 쓸모 있는 것으로 만든다."

동유럽의 어느 유대인 거리에서 있었던 이야기다.

평화롭던 마을을 점령한 나치스의 한 장교는 마을 주민들을 강제로 광장에 모이도록 지시를 했다. 그리고 모여 있던 군중 속에서 한 중년의 남자를 끌어냈다. 그 남자는 마을에서 학생들을 가르치는 선생님이었다. 중년의 남자는 유대교를 믿는 사람이 아니었다. 하지만 나치장교는 그가 유대인일 것이라고 의심했다. 그래서 그가 유대교를 버리게 되면 다른 사람들도 그 뒤를 따를 것이라고 생각했다.

"유대교를 버려라. 그러면 평생 생활하는데 곤란하지 않도록 해 주겠…"

"싫소."

교사는 나치장교의 말이 채 끝나기도 전에 거부했다.

"네가 믿는 신은 존재하지 않는다. 네가 믿는 신을 부정한다면 네 생활도 가정도 유지할 수가 있다."

"절대로 그럴 수 없소."

중년의 교사는 조용한 목소리로 되풀이 하였다.

"너희가 믿고 있는 그 유대교 신을 버려라. 그렇게 한다면 우리들이 너를 지켜줄 것이다."

"절대로 그렇게 할 수는 없소."

교사는 침착하고 조용한 목소리로 말하였다.

"절대로 못한다고! 도대체 당신이 지금 어떤 짓을 하고 있
는지 아는가. 만약 유대교를 버리지 않는다면 당신은 죽게 된
다. 그래도 내 말을 듣지 않을 텐가?"

광장에 모인 사람들은 긴장했다. 어떤 사람은 장교를 지켜
보았으며, 어떤 사람은 교사를 바라보았다. 두려운 마음에 눈
을 감아 버리는 사람도 있었다.

"존재하지도 않는 유대교의 신이 네 생명보다 더 소중한가?
자신의 목숨보다 소중하단 말이지? 스스로 잘 생각해 봐. 어
리석은 녀석!"

"당신은 내 신념을 굽히게 할 수 없소."

나치장교는 거의 애원에 가까운 목소리로 중년남자에게 말
했다.

"단지 유대교를 버리겠다는 한 마디만 하면 너는 살 수 있
어."

"싫소."

교사는 당당한 모습으로 말하였다.

장교는 권총을 빼어서 교사를 겨누어 쏘았다. 총성이 울리

고, 총알은 교사의 어깨를 관통했다. 교사는 쓰러졌다. 그는 피를 흘리며 괴로워하면서도, 나치장교의 압박에 굴복하지 않았다.

"이 돼지 같은 녀석, 더러운 유대인 놈!"

장교는 화가 나서 말했다.

"우리의 군대가 너의 신보다 위대한 것을 모르는가. 너의 목숨은 신이 결정하는 것이 아니라, 우리가 마음대로 할 수 있어. 네가 유대교를 버린다고 한마디만 한다면 치료를 받을 수 있도록 병원으로 데려다 주겠다. 그리고 너의 가족들과 행복하게 살 수 있도록 하겠다."

"싫소."

교사는 매우 괴로워하며 말을 했다.

나치장교는 어이없다는 듯이 서 있었다. 한 순간 장교의 얼굴에 공포의 빛이 감돌았다. 장교는 교사를 향하여 또 총을 쏘았다. 두 발, 세 발, 네 발 총소리는 주위에 있는 사람들에게 공포심을 주며 울려 퍼졌다.

하지만 교사는 목숨이 꺼져가는 소리로 말했다.

"싫소. 당신은 내 생각을 바꾸게 할 수 없소."

교사는 숨을 거두는 순간까지도 자신의 신념을 말했다.

이 이야기는 사람들 속에서 이 광경을 목격한 교사의 아들이 전해 준 이야기다. 왜, 교사는 나치장교에게 자신이 유대교를 믿는 사람이 아니라고 말하지 않았을까.

그 교사는 자신의 말 한마디에 많은 유대인들의 신념이 평가될 수 있다고 생각했던 것이다.

신념(信念)은 어떤 사상이나 생각을 굳게 믿으며 그것을 실현하려는 의지이다. 신념을 지니고 있지 않은 사람의 말에는 설득력이 없다.

사람이 사람을 믿는 근거로 삼는 것은 그 사람이 자신(自信)을 가지고 있는가, 그렇지 못한가 하는 점이다. 즉 자신이 믿는 마음, 신념은 자신감의 원천이 된다.

다른 사람이 당신을 신뢰한다고 할 때, 도대체 그 사람은 당신의 무엇을 근거로 신뢰하는 마음을 갖는 것일까?

그것은 당신의 신념을 근거로 한다. 신념은 매우 중요한 것이며, 비록 목숨과 바꾼다 할지라도 지켜야 하는 것이다.

어떠한 경우라도
명예는 끝까지 지켜라

"명예는 밖으로 나타난 양심이며
양심은 내부에 깃든 명예이다"

명예의 사전적 의미는, 세상에 널리 인정받아서 얻은 좋은 평판이나 이름이다. 이와 같이 자신의 어떤 일이나 업적이 많은 사람들에게 높은 명성을 얻은 사람은 스스로 자랑스러운 자부심을 가질 수 있을 것이다. 하지만 자랑스러움이란 자기 자신스스로에 대한 자랑스러움이어야 한다. 그 이유는 다른 사람들로부터 듣는 자랑스러운 일, 즉 명예는 한 치의 거짓도 없는 진실한 것이어야 한다는 것이다.

탈무드에는 다음과 같은 말이 있다.

'다른 사람에게 자기를 과시하는 것은 참다운 자랑스러움이 되지 못한다. 아무리 자신의 공이 크다고 하여도 그것에 대한 진실은 하늘이 알고 또한 자신이 아는 것이다."

일반적으로 쓰이는 명예의 의미는 영어에서 'Honor' 우리말로 번역하면 '자기 자신에 대한 명예'를 의미한다. 그것은 최종적으로 스스로에 대한 문제이며, 그것은 주위 사람들의 시선과 평가와는 다를 수가 있다.

우리는 방송 등을 통해 "누구가의 행위로 인해 자신의 명예가 실추되었으니, 명예훼손으로 법적인 조치를 취하겠다."라는 소식을 자주 접한다. 이때의 명예의 의미 역시 'Honor'다. 다시 말해 스스로 생각하는 자신의 자존심에 반하는 허위 사실을 퍼뜨리는 일에 대하여 법적으로 진위를 가려보겠다는 뜻이다.

또한 사람들은 "저 사람은 프라이드(pride)가 강하다." 등의 말을 한다. 이 말의 뜻은 스스로 자신의 '자존심에 피해를 당했다고 생각해서 겉으로 화가 난 사람을 지칭할 때 쓰이는 경우가 많다. 자신의 잘못을 생각하지 않고 화를 내는 사람은 진실한 자랑스러움을 지녔다고 할 수 없다. 자신의 마음속으로 화가 나있는 상태를 겉으로 나타내는 사람은 다른 사람의 평가에 민감하므로 자극을 받으면 흥분하게 된다. 이러한 사람들은 타인의 평가에 의해 자기 자신을 스스로 옭아매는 경우가 많다. 그러므로 자신의 뜻을 자신의 소신대로 펼치지 못하고 남의 눈치를 보며 살아가게 된다.

진정한 명예의 뜻은, 정직한 수고에 있으며 또한 올바른 행위에 있는 것이다. 그것은 재물의 많고 적음, 지위의 높고 낮음에서 찾아볼 수 있는 것이 아니다. 신념 또는 자랑스러움이라고 하는 것들은 개인의 마음속에서 진정으로 우러나와야 하는 것이다. 그것은 자기 자신에게 물어보는 것이지, 다른 사람의 평가로 얻을 수 있는 것이 아니다.

인간의 조건

인간이라는 존재에 관해서는 여러 관점으로 설명할 수는 있지만 아직까지 '인간은 이것이다'라고 100% 장담할 수 있는 이론은 없다. 다만 의학적으로, 혹은 인간의 행동 양식을 척도로 해서 설명할 수는 있다. 그러나 이것만으로는 인간의 존엄성을 설명하지 못한다. 또한 과학만으로도 인간을 정의할 수 없다. 그렇다면 인간은 어떻게 정의해야 할까?

외형적으로 인간은 개구리보다는 원숭이를 더 닮았다. 그리고 인간은 신에 의해 창조되었다고 하는 창조론과 동물에서 진화한 것이라고 하는 진화론이 있다. 그러나 그 어느 것도 모든 사람들이 긍정할 수 있는 인간의 정의를 내려주지는 못했다.

의학적으로 본다면, 사람은 여러 부분으로 이루어져 있다. 머리·몸통·사지 등 많은 부분이 모여서 신체가 형성되어 있다. 그러나 이러한 견해만으로는 인간을 설명하는 데 충분하지 못하다. 다른 한편에서는, 사람은 신의 모습을 따라 창조되었다는 견해가 있다. 이것은 〈성경〉의 기록을 바탕으로 하는 주장이다. 이 주장 또한 모든 사람이 인정하기에는 부족하다. 또한 대영 백과사전에는 다음과 같이 인간을 정의하고 있다.

'인간은 가능한 한 안락함을 구하고, 가능한 한 노력을 안 들이려는 동물이다.'

일리가 있는 말인지도 모른다. 하지만 인간이 그런 면만을 지니고 있는 동물이라면, 구태여 인간의 정의에 대하여 오랜 세월 학자들이 고민할 필요가 있었을까?

인간을 '물체'로 정의하는 발상도 있었다. 나치스가 출현하기 전의 독일에서는 다음과 같은 말이 있었다.

'인간의 신체는 비누 일곱 장을 만드는 데 충분한 양질의 지방을 함유하고 있으며, 한 개의 못을 만들 철분을 함유하고 있다. 또한, 2천 개비의 성냥을 만들만큼의 인을 함유하고 있으

며, 온몸의 털이 난 부분에 바르면 벼룩을 물리칠 만한 유황을 함유하고 있다…'

실제로 나치스는 유대인을 강제수용소에 가두어서 대량 학살한 뒤, 비누나 성냥을 만드는 실험을 한 기록도 있다.

〈인간의 조건〉이란 제목 하에 많은 작가들이 저서를 남겼다. 그 중 유대인 정치철학자 한나 아렌트가 저술한 〈인간의 조건〉을 살펴보자.

이 책은 정치적인 측면에서 연구하여 저술한 책이다. 저자 한나 아렌트는 인간의 삶을 관조적 삶(vita contemplativa)과 활동적 삶(vita activa)으로 분류했다. 하지만 이러한 두 가지 삶의 개념은 플라톤과 아리스토텔레스 시대부터 존재했던 개념이라는 것을 서두에서 밝혔다.

아렌트는 인간의 행동관점에서 〈인간의 조건〉을 집필하였다. 그는 철학자 또는 과학자들의 사색하고 고민하는 삶을 '관조적 삶'이라고 하고, 생계를 위한 노동행위를 '활동적 삶'이라고 정의했다.

활동적 삶은 생계유지를 위한 활동, 즉 의식주를 해결하기 위해 일을 찾고 돈을 버는 행동을 말한다. 인간은 근본적으로

숨을 쉬고 물을 마시고 음식을 먹고 배설을 해야 한다. 또한 비바람을 피할 옷과 집이 필요하다. 이러한 기본적인 문제를 해결하기 위해서는 노동이 필요하다. 하지만 인간은 단순히 먹고 사는 것에 만족할 수 없는 존재다.

아렌트는 이를 장인들의 제작 활동이나 작가나 음악가 등의 예술 활동 행위 등을 예로 들어서 설명한다. 즉 그들의 작업은 생명유지 행위, 즉 노동행위와는 다른 개념의 행위라는 것이다. 작가 아렌트는 이러한 행위를 현실세계와 다른 또 다른 차원의 세계를 만든다고 묘사했다. 노동행위를 하지 않지만 그들은 기본적으로 잘 먹고 잘 사는 것이 가능했다. 여기에서 아리스토텔레스의 "인간은 정치적인 동물이다"고 정의한 이유를 찾는다.

그리스에서 노동은 '사적 영역'에 국한된 활동이었다. 그리스의 자유시민은 자신이 해야 할 노동을 노예에게 대신하도록 만들었다. 이렇게 하여 그리스 시민들은 현실적인 삶을 해결하기 위한'활동적 삶' 즉 노동에서 벗어날 수 있었다. 대신 이들은 정치적 현안을 논의하는데 시간을 보냈다. 엄밀히 따지면 노동을 하는 사람들에 대한 관리방법에 대한 토론이었다.

현대사회 또한 돈을 벌지 않으면 인간다운 삶을 지속시킬 수 없다. 아렌트는 오늘날 모든 직업은 생물학적 삶을 유지하기 위한 필요에 의한 노동이 되었다고 말하였다. 현대사회는 문명은 진보하고 인간은 삶의 여유와 가치를 알게 되어 풍요롭게 살게 되었다고 생각하지만, 실제로는 그 반대라는 것이다. 심지어 예술가들의 예술행위, 작가들의 집필행위조차도 먹고 살기 위한 노동이 되었다는 것이다. 대중예술은 비슷한 내용을 반복하게 되었고, 이는 복고나 표절 문제로 나타나게 되었다. 아렌트는 자유와 개성이 없는 행위는 활동적인 삶(vita activa)이라고 말한다. 아렌트는 인간의 조건은 무의미하게 반복되는 삶이 아니라 자발적으로 삶의 가치를 찾기 위해 노력하는 삶을 살아야 한다고 역설한다.

불편한 옷을 벗어던지고 벌거벗은 모습으로 의자에 앉아 깊은 생각을 한 끝에 로댕은 인간에 대하여 다음과 같이 말했다.

"모든 것이 인간 속에 있다. 모든 것이 인간을 위하여 있는 것이다."

인간은 만물을 지배한다. 만물은 인간의 생각여하에 따라 평화롭기도 하고 파괴되기도 한다.

인생이란
바이올린 줄과 같다

"인생 그 자체, 인생의 현상, 인생이
가져다주는 선물은 숨이 막히도록 진지하다."

음악가 중에는, 특히 바이올리니스트 중에는 유대인 음악
가가 많다. 야샤 하이페츠, 데이비드 오이스트라흐, 아이작 스
턴, 예후디 메뉴인 등은 20세기를 대표하는 음악가들이다. 지
금 이 시간에도 어디에선가 아름다운 선율을 들려주고 있을
이자크 펄만, 핀커스 주커만, 기돈 크레머, 막심 벤게로프, 길
샤함 등도 유대인이다. '세계 바이올리니스트의 30%는 유대
인'이란 말도 있다.

유대인은 전통적으로 음악과 예술을 즐기는 민족이다. 하
지만 오랜 세월 동안 핍박을 벗어나기 위해서, 온 세계에 흩어

저있는 유대인들은 자신들의 외로움을 위로해줄 음악이 필요했다. 그들은 휴대가 간편하며 자신들의 삶을 위로해 줄 음악 도구를 찾아야만 했다. 바이올린의 아름답고 애잔한 소리는 유대인의 애환을 달래줄 필연적인 선택이었을 것이다.

2005년 겨울, 이스라엘 필하모닉 오케스트라가 클리블랜드 오케스트라와 함께 '희망의 바이올린(Violins of Hope)'공연이 개최되었다. 이 공연은 2차 대전 당시 나치에게 붙잡힌 유대인들이 수용소에서 자신들의 애환을 담아 연주하던 바이올린 24개를 복원해서 그 바이올린으로 연주를 하는 무대였다. 무대 위에 오른 러시아 출신 유대계 바이올리니스트 슬로모 민츠. 그는 자신의 가족 중에도, 나치 독일이 자행한 유대인 대학살, 즉 홀로코스트(Holocaust)에 의해 희생된 사람이 있다고 소개했으며, 연주를 하는 그의 눈에서는 하염없이 눈물이 흘러내리고 있었다. 그것은 팽팽하게 당겨진 바이올린 줄에서부터 흘러나오는 슬픈 소리였다.

'연주를 하기 전에 바이올린의 줄을 팽팽하게 조여 놓지 않는다면 아름다운 연주를 할 수 없다.'
바이올린 줄에 관한 이 비유는 유대인들 사이에서 자주 쓰여 지고 있는 격언이다. 사람 역시 끊어지기 직전의 팽팽한 바이올린 줄처럼, 최대한의 노력을 기울여 난관을 극복해야만 이루고자 하는 결실을 맺을 수 있는 것이다.

　사람은 괴로움이나 고통을 극복할 인내력을 평소에 키워놓아야 한다. 그래야만이 언제 내 앞에 닥칠지 모르는 위험 앞에서도 우리 자신 속에 간직된 능력을 발휘하여 고난을 극복할 수 있는 힘을 간직할 수 있는 것이다. 참된 아름다움, 참된 즐거움은 극도의 괴로움이나 고통을 이겨낸 사람에게는 그 환희의 기쁨이 배가 된다. 고통을 당해본 경험이 없는 사람은 마치 죄어지지 않은 바이올린 줄과 같다. 자신의 삶에 대하여 준비를 해놓지 않은 사람은 자기 속에 있는 가능성을 그저 간직할 뿐이며, 제대로 자신의 능력을 발휘하지 못한다. 팽팽하게 줄이 당겨져 있는 바이올린은 언제라도 아름다운 선율을 들려줄 수 있는 준비가 되어있는 것이다.

진실한 말은
상대의 마음을 움직인다

"진실한 말은 아름답지 않고,
아름다운 말은 미덥지 않다."

유대인은 자녀들이 잠들기 전에 오늘의 일에 대하여, 또는
자녀의 물음에 답해주는 시간을 갖는 전통이 있다. 책을 읽어
주거나 이야기를 들려주는 시간을 갖는 것이다. 유대인 부모
는 이때, 주로 성서에 등장하는 인물들의 이야기를 자녀에게
들려준다. 부모가 들려주는 위인들의 이야기는 자녀에게 스
스로 위인들의 위대한 삶을 가슴에 새기며 자연스럽게 언어
적 자극, 즉 문자와 단어에 대한 개념을 깨우치게 되고, 언어
의 중요함을 터득하게 된다. 또한 책 속에 등장하는 조상들의
이야기와 그 과정에서 습득한 새로운 단어의 개념은 세상과

소통할 수 있는 좋은 소재가 된다.

이것이 유대인 어린이들이 네 살이 되기 전에 평균 1,500개의 단어를 구사할 수 있는 비결이다.

탈무드에는 '다음과 같은 지침이 기록되어 있다.

'아이를 심하게 꾸중했다면 아이가 잠들기 전에 반드시 아이와 그 날의 일을 마무리하라.'

좋지 않은 기억이 내일로 이어지지 않도록 하라는 가르침이다.

유대인의 학교에는 다음과 같은 대화의 토론규칙이 교실에 부착되어 있다.

항상 연장자에게 우선 발언권을 준다.

다른 사람의 이야기 도중에 끼어들지 않는다.

말하기 전에 먼저 생각한다.

생각을 거치지 않은 말은 서둘러 대답하지 않는다.

질문과 대답을 간결하게 한다.

처음 할 이야기와 나중 할 이야기를 구별하여 한다.

잘 알지 못하고 말했거나 잘못 말한 것은 솔직하게 인정한다.

이렇듯 유대민족은 말의 중요성에 대하여 아주 어렸을 때부터 교육을 통해 가르치고 있다. 말은 그 사람의 인격을 나타내는 척도이다. 말은 곧 나를 대변한다. 한 마디의 말로 상대방의 마음을 얻기도 하고, 적으로 돌려세우기도 한다.

유대인 부모가 자녀에게 들려주는 이야기 하나를 소개한다.

고대의 한 유대 왕국에 적이 쳐들어왔다. 왕과 신하들은 절망에 빠져 있었다. 침략자를 물리치기 위해서 왕은 이웃 나라에 도움을 청하려고 했다. 그래서 재상에게 원군을 요청하는 외교 문서를 작성하도록 명을 내렸다. 하지만 엄청난 규모의 침략군이었다. 재상은 어느 나라가 이런 상황에서 우리에게 원군을 보내 줄까 하는 생각이 들어 좀처럼 붓을 움직여 글을 써내려 갈 수가 없었다. 재상은 나라가 풍전등화처럼 위급한 처지였으므로 온 정성을 기울여 구원의 편지를 쓰려고 했지만 한 장을 쓰고는 구겨 버리고, 또 한 장을 썼다가는 또 찢어 버렸다. 그러는 동안에 해가 서산으로 넘어갔고 날이 어두워져서 시종이 등불을 가지고 조용히 방으로 들어왔다. 시종은 재상의 고뇌어린 표정을 죄송스런 마음으로 바라보며 등불을 재상이 글을 쓰는 붓 위로 조심스럽게 다가갔다. 그러자 붓 아래 재상의 손 주위로 그늘이 내려앉아 침침해졌다.

"빛을 들어라."

재상이 말했다. 그리고는 자기도 모르게 그 말을 편지에 써 넣고 있었다.

'빛을 들어라.'

이 한 마디 글이 이웃 나라 왕의 마음을 움직였다.

인생이란
도움을 주고받는 것이다

"다른 사람에게 도움을 주는 일을 하는 사람은
자신에게 가장 큰 선물을 주는 것이다"

당신은 누구와 도움을 주고받은 적이 있는가?

이 세상에 존재하는 누구라도, 자신은 누구와도 도움을 주고받은 일이 없다고 말한다면 그것은 사리에 맞지 않는 말, 즉 어불성설이다. 인간은 부모의 도움으로 이 세상에 태어났다. 또 스승으로부터는 삶을 살아가기 위한 유용한 지혜를 배운다. 그리고 사회생활을 하면서 상사, 동료, 학교의 선, 후배 등 많은 사람으로부터 도움을 주고받으면서 현재의 생활을 영위하고 있는 것이다. 그리고 나와는 아무런 관계가 없는 사람들로부터 알게 모르게 도움을 주고받으며 살아가고 있다. 그러므로 오로지 자기 스스로의 힘으로 자신의 삶을 이루어 놓았다고 생각하는 것은 매우 어리석은 일이다.

사람들은 지금 이 순간에도 두 손 모아 기도를 올린다.

"제게 더 많은 축복을 주시옵소서."

"저의 소원을 꼭 이루도록 도와주시옵소서."

신은 그 기도들을 모두 듣고 계실지 모를 일이지만 축복이란 무엇인가에 대해 생각해 보자.

인간의 삶에서 가장 큰 축복은 감사하는 마음으로 삶을 영위하는 것이다. 그러므로 가장 축복받은 사람은 감사하는 마음을 간직한 사람이다. 감사하지 못하는 삶을 사는 사람에게는 신의 축복도 머물지 못한다.

지혜로운 사람은 모든 일에 감사함을 잊지 않는다. 아주 미미한 것에서도 감사함의 의미를 찾아낼 수 있다면 그는 이미 풍족한 삶을 살아가고 있다고 말할 수 있다. 하지만 우리는 다른 사람의 불행을 외면하고 남의 진심을 믿지 못하며 삶을 살아가는 경우가 많다. 사소한 일상의 소중한 가치에 감사한 마음을 갖는데 익숙하지 않기 때문이다. 하지만 생각해보면 우리의 삶은 감사할 일들이 너무도 많다. 감사하는 마음이 자기 안에 깃들면, 인생을 살면서 자주 행복한 순간을 선사받으며 살아가게 되며, 언젠가는 아름다운 세상이 바로 눈앞에서 펼쳐지는 순간을 맞이한다. 살아있으면서 천국을 살고 있는 것이다.

유대인의 자녀교육은 탈무드의 지침에 바탕을 둔다. 유대인은 남보다 더 잘 하기보다는 남들과 다르게 되라고 가르친다. 스스로 무엇이 다른지를 함께 생각하고 토론하며 그것을 찾아서 키워준다. 그럼으로써 개인의 다양한 능력을 계발하고 사회에 이바지함으로써 조화롭게 공존할 수 있음을 아이들에게 교육한다.

'탈무드' 교육이 인생의 원리를 깨닫도록 하는 것이 목적이라면 '체다카' 교육은 습득한 지식을 현실의 삶 속에서 실천하도록 하는 것이 목적이다. 그것은 자선을 베푸는 행위를 강조하고, 실제로 삶 속에서 실천하여 자녀에게 자선의 가치를 깨닫게 한다.

유대인이라면 누구나 '체다카 저금통'을 가지고 있다. 유대인 부모는 아이가 생후 8개월이 되면 체다카 저금통을 선물한다. 그 때부터 아이는 동전이 생기면 저금통에 모은다. 그렇게 모은 저금통은 지역의 가까운 고아원이나 가난한 이웃에게 기부를 하는 것이 목적이다. 부모와 함께 동전이 가득 찬 저금통을 기부하고 돌아오는 길에 부모는 아이에게 선행의 가치를 설명해주고 아이에게 큰 칭찬과 아낌없는 축복을 전한다. 아이는 자연스럽게 기부와 자선의 가치를 깨달으며 성장한다.

이렇듯 세상은 생각하기에 따라 감사한 일로 가득 차있는 공간이다. 매일 아침 다시 깨어나는 것을 기뻐하자. 추운 겨울, 따뜻한 방에 누울 수 있음에 감사하자. 사랑하는 사람들과 함께 보낸 아름다운 순간들을 생각하며 행복해 하자.

어머니의 자궁 속에 잉태된 순간부터 인생은 고마운 것이다. 그 엄청난 경쟁률을 이겨내고 당신이 이 세상에 태어나기 전부터도 어머니는 당신을 아름다운 생명체로 완성하기 위해 온갖 정성을 기울이고 있었다.

Chapter 03

중용의
마음을
배워라

Today is
yours to
shape
create a
masterpiece

가난하다고
업신여기지 말라

"남의 자비로 사는 것보다
가난한 생활을 하는 편이 낫다."

사람의 마음속에는 본능적으로 측은지심, 즉 모질지 못한 마음이 있다. 가난한 사람이나 신체적으로 불편한 사람을 보면 안타까운 마음을 갖는다. 그것은 사람은 사랑으로 만들어진 존재이기 때문이다. 사랑하는 마음이 곧 하느님의 마음이다.

몹시 추운 겨울 어느 날, 작은 소년이 맨발로 신발가게 앞에서 진열장 안을 들여다보고 있었다. 그 모습을 본 어느 부인이 소년에게 다가가 물었다.

"얘야! 날씨가 이렇게 추운데 맨발로 진열장을 그렇게 쳐다보는 이유라도 있니?"

"저는 지금 하느님에게 신발 한 켤레만 달라고 기도하고 있는 중이에요."

부인은 소년의 손목을 잡고 가게 안으로 들어갔다. 그리고 양말과 신발을 주문하고, 신발가게 주인에게 따뜻한 물을 부탁하여 손수 소년의 발을 씻긴 뒤 수건으로 물기를 닦아주었다. 그리고는 양말과 신발을 신겨주었다. 소년의 차가운 발에 따뜻한 온기가 돌기 시작했다. 소년은 무슨 영문인지 모르는 표정으로 부인을 쳐다보았다.

"얘야, 의심하지 말거라. 자, 이제 발이 따뜻해졌니?"

소년은 엷은 미소를 띠고 말없이 고개를 끄덕였다. 그리고는 부인의 손을 살며시 잡고는 말했다.

"아줌마가 하느님의 부인이세요?"

경쟁과 소유 그리고 소비를 목적으로 사는 자본주의 사회에서 세상을 사랑스런 눈길만으로 대하기는 쉽지 않다. 자신의 삶이 바쁘기 때문에 불행에 처한 사람을 가엾이 여기는 마음도 꾸준히 유지하지 못하고 시간이 지나면 잊혀 진다. 이웃을 존중하고 사랑하지 않으면 사람의 마음속에 간직되어 있던 측은지심의 마음도 사라질 수 있다. 이렇듯 세상을 사랑의 눈길로 바로보지 못하는 그릇된 심성을 가진 사람이 재판관이 되면 권력의 눈치를 보며 재판을 하기 때문에 억울한 사람이 생기는 판결을 내릴 수가 있고, 어진 마음이 깃들지 않은 사람이 의사가 되면 진정한 의술을 펼치기보다는 돈벌이에 골몰하며, 의술의 아버지 히포크라테스의 선서에 반하는, 자애로운 인술을 펼치지 못한다.

고대 유대인의 사회에도 거지가 있었다. 그들을 '슈노렐'이라고 불렀는데 지금의 상식으로 생각하는 그런 처지의 사람이 아니었다. 그들이 구걸을 하는 일은 없었다. 거지는 하나의 직업으로서 하느님의 허락을 받은 존재였다. 그들은 사람들에게 선행의 대상으로 존재하고 있었다.

'슈노렐' 중에는 학문이 깊은 사람이 많았으며 특히 탈무드에 통달한 사람 중에 많았다. 랍비가 학교에서 공부를 가르치는 사람이라면, 그들은 떠돌아다니며 가르침을 전하고 다녔다. 그들은 학술회에 출석하여 자신들의 의견을 발표하였으며, 회중(會中)의 회원으로서 토라의 토론회에도 참가했다. 탈무드에는 이들을 옹호하는 뜻을 지닌 격언도 찾아볼 수 있다.

'가난하다고 해서 업신여기지 말라. 당신이 지닌 부가 결코 당신의 인격을 드러낼 수 없다. 당신이 많은 부를 소유했다고 해서 많은 가치를 지닌 사람이라고 할 수 없듯이 그가 가난하다고 해서 그의 영혼까지 찌들고 가난하다고 단정 지을 수 없다. 가난한 사람들을 무시하는 사람은 결코 인격적으로 성장할 수 없다.'

'가난한 자를 멸시하지 말라. 그들의 서츠 속에는 영민한 지혜의 진주가 감추어져 있다.'

가난을 극복하도록
젊어서 노력하라

"부지런한 사람에게는
가난이 머물 수 없다."

유대인은 젊어서 가난한 것은 성공으로 가는 발판을 만들어 주는 절호의 환경이라고 여기고 있다. 가난을 벗어나겠다는 충동만큼 강한 힘은 없다.

젊은 시절, 가난한 것은 감사해야 할 일이다. 그러나 노년이 되어서도 가난하다는 것은 불행한 일이다. 젊음은 원인이며, 노년은 결과이기 때문이다. 젊은이는 그것을 항상 생각해야 한다. 어려운 환경에서, 가난을 초월한 고고한 삶을 유지하기란 매우 어려운 일이다. 〈전도서〉 9-16에는 다음과 같은 내용이 있다.

'지혜로움이 결국에는 힘보다 강하기는 하지만 가난한 그의 말에 누구도 귀를 기울이지 않고 있으니 그의 지혜가 빛을 못 보는구나.'

이는 성서 시대로부터 현재까지 변하지 않는 사회적 현상이다.

유대인은 교육의 목표로, 미래의 삶을 승자로 살도록 만든다는 것에 있다. 그러한 목표를 달성하기 위한 교육방식이 바로 각자의 개성을 살리는 하브루타 교육이다. 하브루타 교육은 질문위주의 교육방식이다. 모든 문제에 의문을 갖고 질문과 토론을 하는 것이다. 유대인은 모두가 같은 곳을 향해 가면 공멸한다는 것을 교육을 통해 깨닫게 한다. 그래서 그들은 당연하게 생각되는 세상의 흐름 속에서도 새로운 길을 찾아낸다.

다시 말해서, '레드오션 red ocean'(세상에 잘 알려져 있어서 경쟁이 매우 치열하여 붉은(red) 피를 흘려야 하는 경쟁시장) 속에서도, '블루오션blue ocean'(현재 존재하지 않거나 잘 알려져 있지 않기 때문에 경쟁자가 없는 유망한 시장)을 찾아내는 것이다.

유대인은 히브리어를 사용하는데 '히브리'의 뜻은 '혼자서 다른 쪽에 선다'는 것이다. 즉 그들은 자녀를 남과 다르게 키우는 것에 초점을 맞춘다. 개개인의 개성과 소질을 살려 남다른 방식으로 살아가야 한다는 신념이 있다. 유대인의 90%가 성공하는 것이 그들의 목표다.

유대인의 동족에 대한 결속력은 대단하다. 20세기 초 미국에 정착하여 성공한 유대인들은 빈손으로 미국에 온 동족에게는 세 번까지 무조건으로 지원하는 협력단체가 있었다. 그러나 대부분의 유대인이 한 번의 도움만으로 자립에 성공했으며 그들은 또 미국에 빈손으로 오는 동족의 후원자가 되었다. 미국의 4대 일간지와 주요 방송국 등 언론을 장악하고 영화, 금융, 예술 등을 주도하며 미국 경제의 약 40%를 차지하고 있는 그들의 저변에는 하브루타 교육이 있다.

돈과 섹스

"그것을 소유하지 못한 사람은
그것에 정신을 빼앗기게 된다."

돈과 섹스에는 공통점이 있다. 우선 그것들을 소유하지 못한 사람은 그것들에 정신을 빼앗기게 된다. 그것을 소유한 뒤에야 비로소 다른 일을 생각할 여유가 생긴다는 것이다. 그래서 유대인은 돈이나 섹스를 삶의 활력소로써 자연스럽게 바라보았다.

탈무드에는 다음과 같은 내용이 있다.

'사람을 판단하는 데에는 4가지의 기준으로 알 수가 있다. 그것은 돈, 여자, 술, 시간에 대한 그 사람이 갖고 있는 의식이다.'

유대인은 돈·술·오락·섹스와 같은 즐거움도 인간의 삶에서는 필요하지만 중요한 것은 그것에 정신을 빼앗기지 않도록 스스로 철저한 자기관리가 요구된다는 것이다.

이와 같은 탈무드의 지침은 인생의 톱니바퀴가 어긋나는 것을 두려워할 것이 아니라 그것에 함몰되어 인생이 잘못되는 것을 두려워해야 한다는 것이다. 또한 탈무드에는 다음과 같은 내용이 있다.

'사람에게 상처를 주는 세 가지 이유가 있는데 가난, 말다툼, 텅 빈 지갑이 그것이다. 그 중에서 가장 큰 상처를 주는 것은 텅 빈 지갑이다. 이 외에도 유대인 사회에서는 돈에 대한 격언도 많이 전해지고 있다.

'돈은 악도 아니고, 저주도 아니다. 그것은 축복이다.'

'금화소리에 소리치던 입도 다물게 된다.'

'몸은 마음에 의존하고, 마음은 돈에 의존한다.'

유대인은 돈이나 섹스를 부정적으로 생각하지 않는다. 오히려 인생에 도움을 주는 것으로 생각하고 있다. 또한 가난을 '죄악'이라든가 '부끄러운 것'으로 생각하지는 않지만 '불편한 것'이라고 정의하고 있다.

반면 유대교에서는 "돈을 빌려주고 이자는 받을 수 있되 형제에게는 이자를 받고 돈을 빌려주어서는 안 된다"라는 〈구약성경〉의 구절을 근거로 다른 사람에게 돈을 빌려주고 이자를 받을 수 있다고 해석한다. 때문에 중세 기독교 국가의 왕실과 귀족들은 국고의 재무 관리를 주로 유대인에게 맡겼다. 자신의 손에는 성경 말씀에 반하는 죄는 짓지 않으면서 실리는 챙기는 술수였던 것이다. 그러나 탈무드의 삶의 규범에도 이자를 많이 받는 고리대금은 엄격히 금했다.

서양에서 유대인이 시기의 대상이 된 저변에는 경제적인 독점에 대한 반감이 있다. 서양 사람들은 자본주의의 불공정함에 불만을 나타낼 때마다 유대인을 탓했다. 하지만 유대인은 일반적으로 가내수공업과 농사를 기반으로 생계를 유지하던 사람들이었다. 그러던 것이 중세 시대, 기독교의 법령으로 유대인의 토지 소유를 원천적으로 금지하자 생계수단의 방편으로 돈을 빌려주고 이자를 받는 고리대금업에 눈을 뜬 것이다. 차츰 유대인들이 경제를 좌지우지하는 세력으로 부상하자, 유대인에 대한 시기심을 '유대인은 악덕 고리대금업자'프레임을 조장했던 것이다. 당시 서구의 신문에는 다음과 같은 고대 철학자의 고리대금업에 대한 기사가 실리기도 했다. 그리스의 철학자 아리스토텔레스는 돈을 빌려주고 이자를 받는 행위를 맹렬히 비난했는데, 그 이유는 다음과 같다.

'금융업에 있어서 돈을 빌려주고 이자를 받는 행위는 돈을 빌려준 시간에 대비하여 받는 반대급부인데, 시간은 신에게 속한 영역이기 때문에 이를 이용해 인간이 이자를 받으면 안 된다.'

기독교에서는 돈을 빌려주는 행위를 '금융업'이라고 부르지 않고 '고리대금업'이라고 했다. 어쨌거나 유대인들은 금융업에서 뛰어난 수완을 발휘했다. 유대인들은 미국의 글로벌 브랜드인 오라클, 델, 인텔, 구글, 스타벅스, 리바이스 등을 만들어냈다. 특히 유대인의 막대한 자본은 골드만삭스, 리만 브라더스 등을 앞세워 1913년 FRB 미연방은행 창립에 주도적 역할을 하며 세계 금융의 중심인 뉴욕의 월스트리트를 만들었다. 미국의 거대한 자본주의의 힘은 유대인의 손아귀 안에 있다.

사해(死海)처럼
받아들이기만 해서야…

"은혜를 베푸는 자는 그것을 감추고,
은혜를 입은 자는 그것을 밝혀라."

모든 것을 자기 것으로 만들려고 해서는 안 된다. 사람들은
베푸는 사람의 주위에 모여든다. 베푼다는 것은 바람직한 행
위이다. 갈릴리 호수와 사해(死海)는 그러한 교훈을 우리에게
주고 있다.

이스라엘에는 두 개의 내해(內海)가 있다. 하나는 갈릴리
호수이며 또 하나는 사해이다.

갈릴리 호수에서 흘러내리는 물은 요단강을 거쳐서 사해
로 흐른다. 사해는 바다 면보다 낮은 곳에 위치하고 있어서 받
아들이기만 할 뿐 받아들인 물을 어느 곳에도 전해주지 못한

다. 때문에 사해에서는 물고기가 살지 못한다. 주위에는 나무도 없고, 새소리도 들을 수 없다. 사해 위에 떠도는 공기조차 무겁고 답답하게 느껴진다. 그렇기 때문에 동물이 물을 먹기 위해 찾지 않는다. 그래서 옛사람들은 그곳을 '죽음의 바다' 즉 사해(死海)라고 이름 붙였다.

사해는 들어오는 물의 한 방울, 한 방울을 모두 제 것으로 만들어 버린다. 유입된 물이 나가는 출구가 없는 것이다.

반면, 갈릴리 호수는 유입된 물을 곧 다른 강이나 호수로 내려 보낸다. 그래서 갈릴리 호수의 물은 매우 깨끗하며 자유롭게 물고기들이 헤엄치며 살고 있다.

유대의 현인(賢人)들은 갈릴리 호수는 받은 것만큼 되돌려 주기 때문에 언제나 생기가 넘치고 있으며, 사해는 모든 것을 제 것으로 만들어 버리기 때문에 생물이 살지 못하고 죽게 되었다고 생각했다. 갈릴리 호수에는 '성 베드로의 물고기'라고 이름이 붙은, 생김새는 괴상하게 생겼으나 맛과 영양이 좋은 물고기가 많이 서식하는 곳으로 유명하다. 지금은 세계적인 관광지로써 호수 주위에는 많은 휴양시설과 레스토랑이 늘어서 있다.

우리는 주위에서 갈릴리 호수 같은 사람을 만나기도 하고 또는 사해와 같은 사람을 만나기도 한다. 받을 줄만 알고 나누어줄 줄 모르는 사람이 되기보다 갈릴리 호수와 같이 베푸는 사람이 되어야 할 것이다.

갈릴리 호수 같은 사람은 항상 자신에게 넘치는 것을 욕심부리지 않고 남에게 베풀기 때문에 항상 맑고 깨끗한 물이 흘러들어오는 갈릴리 호수와 같이 평화롭다.

'마더 테레사 효과'가 있다. 봉사활동 등의 일을 하면 발생하는 정신적, 신체적, 사회적 변화를 말하는데, 테레사 수녀와 같이 남을 위한 선을 쌓으면 인체의 면역기능이 크게 향상되는 것을 말한다. 슈바이처효과라고도 한다.

중용의 도를
넘지 않아야 한다

"술이 백약 중의 으뜸이라고 하지만
만병은 또한 술로부터 일어난다."

유대인은 술은 필요한 것이라고 여기고 있다.

탈무드에는 '아침 술은 돌, 낮술은 구리, 밤의 술은 은, 사흘에 한 번 마시는 술은 금이다.'라고 기록하고 있다. 하지만, 유대인 사회에서는 술에 취해 이성이 마비될 정도로 술을 마시는 풍경은 좀처럼 보기 드물 뿐만 아니라 유대의 문학작품들을 살펴보아도 그러한 인물은 거의 찾을 수 없다. 그러나 술은 유대인과 아주 밀접한 관계를 가지고 있다. 그들은 어린 시절 가정에서부터 술의 효용과 폐해에 대하여 교육을 받고 있으며 또한 즐거운 분위기를 더욱 높이기 위해서는 술만큼 효과적인 것은 없다는 것을 알고 있다.

〈성서〉에도 술은 즐거운 일이나 풍요함을 나타낼 때, 상징성이 있는 식품이라는 것을 기록하고 있다.

탈무드에는 술을 적당하게 마시면, '머리의 두뇌작용을 좋게 한다.'고 가르치고 있다. 랍비들은 적당한 술은 사람에게 좋은 약이 되며, 술이 있는 곳에 약은 적어도 된다고 말해 왔다.

세상의 많은 민족이 밤이 되면 술에 취해 곯아떨어졌지만, 대부분의 유대인은 적당하게 술을 마시고 책장을 뒤적였으며 좋은 음악에 귀를 기울였다.

탈무드에는 '사람이 죽어 하느님 앞에 나아갔을 때, 하느님은 사람에게 주었던 여러 가지 즐거움을 즐기지 못했던 자를 꺼린다.'고 기록하고 있는데, 이것은 유대인들의 인생을 즐기려는 태도를 설명해 주는 말인 것 같다.

다음의 이야기에서 유대인의 삶을 대하는 자세의 한 단면을 엿볼 수 있다.

어느 날 가톨릭의 신부, 개신교의 목사, 유대교의 랍비. 세 사람이 함께 식사를 하게 되었다. 식탁위에는 세 사람이 먹어도 충분할 정도의 큼직한 생선요리가 놓여 있었다. 세 사람은 저마다 일용할 양식에 대한 감사의 기도를 올렸다. 기도를 올린 후, 먼저 가톨릭의 신부가 말했다.

"로마 법왕은 교회의 우두머리이므로 나는 머리 부분을 먹겠습니다."하며, 생선을 절반 잘라서 머리가 붙은 부분을 자신의 접시에 갖다 놓았다.

다음에는 개신교의 목사가 말했다.

"우리는 최후의 진리를 파악하고 있습니다. 그러므로 꼬리 부분을 먹겠습니다."하며, 꼬리가 달린 나머지 절반을 자기의 접시로 가져갔다.

랍비에게는 소스와 야채가 조금 남겨져 있을 뿐이었다. 랍비는 신부와 목사를 바라보며 말하였다.

"유대교에서는 양 극단을 싫어합니다."

금욕적인 삶을 추구하는 사람들은 술을 비롯한 즐거움을 추구하는 많은 행위들에 대하여 매우 나쁘다고 여기며 경멸하기도 한다. 하지만 양극단의 입장에 선 사람은 상대편의 어떠한 행위도 좋게 보이지 않는 법이다. 예를 들어 중동지역의 여러 나라에서는 여자는 외출할 때, 얼굴을 모두 가려야 되며 다른 남자와 정이라도 통하게 된 것이 발각되면 사형까지 당하게 된다.

하지만 다른 나라에서는 남녀 간의 애정 표현을 지극히 자연스러운 현상으로 받아들인다.

양극단의 입장에서 바라보면 큰 벌을 받아야 될 행위가 되기도 하고, 도저히 이해할 수가 없는 관습일 수도 있는 것이다. 그래서 일부 서양 사상가들 중에는 동양의 수많은 사상 중에서 '중용(中庸)'을 최고의 사상이라고 생각하고 있다.

시간은 돈이 아니라
인생이다

"시간은 언제까지나
당신을 기다리는 것은 아니다."

시간의 사전적 의미는 과거, 현재, 미래로 이어져있으며 머무름이 없이 일정한 빠르기로 무한히 연속되는 흐름이다. 시간에 대한 정의를 내리기 위한 시도는 오랫동안 철학자와 과학자들의 주된 관심사였다. 그러나 시간의 의미에 대한 여러 갈래의 폭넓은 관점이 존재하기 때문에 명확한 시간의 정의를 말하는 것은 어려운 문제다. 시간이 사건의 측정을 위한 인위적인 단위에 불과한 것인지, 아니면 독립적으로 존재하는 물리학적 의미를 갖는 것인지에 대해서도 정확히 알려진 바는 없다.

상대성 이론을 설명해 달라는 친구의 부탁에 아인슈타인은 다음과 같이 말한다.

"자네에게 5분의 시간이 주어졌다고 하세, 그리고 그 5분이 다음과 같은 상황이라면 어떻게 느껴질까를 생각해 보게.

만약 그 5분을 사랑하는 연인과 즐겁게 보낸다면 그 시간이 얼마나 귀하고 짧은 순간이겠는가. 그러나 같은 5분의 시간 동안 끓는 물속에 손을 집어넣고 있어야 한다면 어떨 것 같은가? 그 시간이 얼마나 길고 고통스럽겠는가. 생각해 보게. 같은 5분이지만 어떻게 그 5분이 같겠는가?"

플라톤은 시간을 '움직이지 않는 영원 속에서 끊임없이 움직이는 이미지'라고 했고, 아리스토텔레스는 시간을, '이전 혹은 이후에 따른 움직임의 횟수와 범위'라고 말했다. 이렇듯 시간은 볼 수도, 만질 수도 없는 추상적인 개념이다. 눈에 보이는 실체나 형상화할 수 있는 대상이 없기에 설명하고 이해하기가 아득할 수밖에 없다

앞서 탈무드에는 사람을 판단하는 기준으로 몇 가지 척도가 있다고 말한바가 있다. 돈·술·여자에 대한 태도를 통해 그 사람의 인격을 가늠해 보는 것이다. 이것들에는 공통점이 있다. 모두 매력적이지만 정도를 지나쳐서는 안 된다는 것이

다. 그래서 돈·술·여자에 대해서는 누구나 그 사실을 인지하고 조심하는 마음을 갖지만, 그 무엇보다도 가장 중요한 시간에 대해서는 마음속으로부터 의식을 하는 등의 주의를 기울이지 않는다. 시간은 잠시의 중단도 없이 흘러가고 있기 때문에 조금이라도 신경을 쓰지 않으면 자기도 모르게 그것이 낭비되는 것을 의식하지 못하는 것이다. 분명한 것은, 시간은 금이라는 말이 있지만 사실은 시간은 금보다 훨씬 중요한 것이다. 시간은 인생, 그 자체다.

유대인은 가정에서 어린 자식들에게 시간개념부터 가르친다. '오늘은 시간을 헛되이 보내지는 않았는가?' 등과 같은 질문을 계속 반복하였으며 시간의 소중함을 이해할 수 있도록 노력했다

시간은 물질적인 척도로 판단하기에는 부족하다. 시간과 돈은 전혀 비슷하지 않다. 왜냐하면 돈은 모아두었다가 필요할 때 쓸 수 있으나 시간은 재사용이 전혀 불가능하다. 한번 잃어버린 시간은 돌이킬 수가 없다. 누구에게도 빌릴 수도 없다. 게다가 인생이라는 은행에 앞으로 얼마의 시간이 남아 있는지 알 수도 없다.

그러므로 Time is Money(시간은 돈이다)라는 것은 잘못된 표현이며 Time is Life(시간은 인생이다)라고 해야 한다.

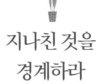

지나친 것을
경계하라

유대인 사회에서 전해져 내려오는 위기에 처한 두 사나이의 이야기가 있다.

악한에 쫓기던 두 사나이가 깊은 골짜기 위에 우뚝 솟은 절벽 끝에 이르렀다. 골짜기에는 한 가닥의 줄이 걸려 있었다. 두 사람은 줄을 타고 건너야만 위기를 모면할 수 있었다. 우선 한 사나이가 날렵하게 줄을 타고 건너갔다. 하지만 두 번째 사나이는 골짜기를 건너기 위해 줄을 잡고 아래를 내려다보니 너무 깊은 골짜기였다. 두려운 마음이 생긴 그는 두 손을 입에

갖다 대고 무사히 건너간 사나이에게 큰 소리로 외쳤다.

"자네는 이 무서운 줄타기를 어디서 배웠나? 어떻게 그렇게 잘 건너갔는지 좀 가르쳐 주게."

먼저 건너간 사람은 크게 소리쳤다.

"나 역시 줄을 타보기는 처음일세. 그러나 한쪽으로 몸이 기울어지려고 하면 다른 쪽에 힘을 주어 균형을 잘 잡았기 때문인 것 같네."

인생은 한쪽에 치우치지 않고 균형을 잡고 살아가야 하는 것이다. 이 이야기가 유대인 사회에서 전해 내려오는 이야기라고 하니, 아마도 유대인 처세술의 요점은 균형을 잘 잡는데 있다고 하겠다. 유대인은 돈·술·여자 등 삶에 있어서의 어느 정도의 쾌락을 죄악시하지는 않는다. 하느님이 허락하신 쾌락을 적당히 즐길 수 있는 지혜는 필요하다고 생각한 것이다. 다만 지나치게 그것에 빠지는 것을 경계하라고 가르치고 있다.

고대 유대 사회에도 세속적인 삶을 떠나 은둔하는 생활을 보내는 사람들이 있었다. 그들은 대부분 종교적인 수도자들이다. 그들은 스스로 사제보다도 엄격한 절제된 생활을 하면서 하느님께 기도하는 삶을 살았는데, 이러한 사람들을 '나지

르인'이라고 불렀다. 그들은 속세의 향락과 유혹을 멀리하면서 사막에서 1년, 혹은 10년씩이나 세상과 동떨어진 삶을 살았다. 그들은 포도가 함유된 음식을 먹지 않았다. 그것은 정착생활을 하며 나태해지는 것에 대한 거부의 표시였다. 그러나 그들은 사회에 복귀했을 때에는 하느님께 자신의 죄를 회개해야 했다. 하느님께서 인간에게 부여한 삶의 즐거움을 부정하는 것, 또한 죄가 되기 때문이다. 잘 산다는 것은 어느 한쪽으로 지나침이 없이 균형을 잡고 사는 일이다.

소르본 대학에서 연구를 하며 생활하던 아인슈타인은 고향의 아들에게 보내는 편지에 다음과 같은 내용의 글을 보낸다.

'나의 사랑하는 아들, 에두아르드.
삶은 자전거타기와 같단다. 넘어지지 않도록 균형을 잡으려면 계속 움직여야 한단다. …(중략)'

-1930년 2월 5일, 아빠가.

감정이 부추기는 정열은
오래가지 못한다

"당신의 정열을 지배하라.
그러지 않으면 정열이 당신을 지배할 것이다."

정열은 가슴속에서 솟아나는 적극적인 감정이다. 정열에는 두 가지 종류가 있는데, 하나는 감정의 부추김을 받는 정열과 또 하나는 이성과 지식의 뒷받침을 받는 정열이다.

정열은 필요한 것이지만 감정의 부추김을 받는 정열은 위험하다. 왜냐하면 감정은 격양되는 일은 있지만 오래 지속되지 못한다. 하지만 이성은 스스로 자신의 정신세계를 지배할 수가 있다.

이성의 뒷받침을 받는 정열이라는 것은, 이를테면 아인슈타인의 상대성 원리의 연구에 바친 정열 같은 것이다. 아인슈타인이 연구에 바친 정열은 끊임없는 이성적 판단에 기초한 것이었다. 아인슈타인은 그 정열을 갖고 곤란에 도전했으며, 마침내 위대한 발견을 해낼 수가 있었다. 세상의 공공이익을 위해 연구를 거듭하는 과학자들의 정열, 창작의 고통을 견뎌야하는 예술인들의 활동 등은 이성의 뒷받침을 받는 정열이다.

자신의 역량을 키우기 위해서는 자신의 분야에서 끊임없이 노력을 해야 된다는 것이다. 그리고 그와 함께 반드시 바른 인성도 함께 키워야 한다는 사실을 잊어서는 안 된다. 자신의 분야에서 아무리 뛰어난 능력을 갖고 있다고 하더라도 인성이 바르지 못하면 그러한 능력을 공공의 이득과 발전에 기여하지 못하고 자신의 이득을 위해서 사용될 수가 있다. 그래서 인성이 바른 사람이 지도자가 되어 중심에 서야 하는 것이다.

자신의 분야에서 충분한 능력과 덕성이 있는 사람은 일을 처리할 때 상대방에게 너그러우면서도 공사를 구분해 엄격하게 처리한다. 그리고 자신의 위치에서 행동할 수 있는 예절을 지켜나간다. 그러한 사람은 나이에 따른 예절, 직위에 따른 예절 등을 상황에 따라 적합하게 실천하여 사람들에게 인정을 받게 되는 것이다. 이렇게 인정을 받게 되면 명성이 생기고, 그 명성은 자신의 분야에서 회자되다가 전체 사회로 유익함을 주며, 퍼져 나간다. 이러한 사람이 자신의 분야에서 중심에 설 수 있는 것이다.

탈무드에서는 감정의 부추김에 의해 정열을 불태우고 몸을 망치는 것에 대해 엄하게 타이르고 있다. 그와 같은 정열은 인생의 톱니바퀴를 어긋나게 만들기 때문이다.

유대인의 격언에 다음과 같은 말이 있다.

'정열은 불과 같은 것이다. 그렇기에 없어서는 안 되지만, 또한 그것은 그만큼 위험하다.'

사랑이 행복이다

"사랑하는 것은
천국을 살짝 엿보는 것이다."

사랑이란 말은 언제나 우리의 마음을 따뜻하게 하며 웃음
짓게 한다. 그것은 사랑이 지닌 영속적인 순결함 때문이다.
사랑은 슬픔을 기쁨으로 바꿔주는 기적의 선물이라고 해도
과언이 아니다. 사랑에 빠진 사람의 두 눈을 보라.

세상에서 가장 온순하고 반짝이는 아름다운 눈동자가 거기
에 있다.

"인생의 가장 큰 목표가 무엇입니까?"

이런 질문을 사람들에게 하면 많은 사람들이 당연하다는
듯이 말한다.

"행복하게 사는 거죠."

행복하게 사는 것이 무엇인지에 대해 구체적으로 생각해본 적은 없지만 서로 사랑하며 사는 것이라고 대답을 하면 틀린 말은 아닌 것 같은 생각에 마음이 놓인다.

사랑을 표현하는 방법에도 각 나라마다 독특한 방식이 있다. 부모가 자식에게 베푸는 사랑을 예로 들어보자.

어느 나라에서는 자식에게 무조건적인 사랑을 베푸는 것을 사랑이라고 생각할 수도 있을 것이고, 또 어느 나라에서는 강하게 교육시키는 것이 사랑이라고 생각할 수도 있는 것이다. 또한 가능하면 자식의 뜻을 존중하여 아무런 제재를 가하지 않는 것이 사랑을 바탕으로 한 교육이라고 생각할 수도 있다.

그렇다면 유대인의 자식에 대한 사랑을 알아보도록 하자.

유대인은 유대민족의 전통을 자식에게 물려주기 위해 자신들만의 독특한 교육방법을 연구했다. 이러한 교육방법은 자녀가 아주 어렸을 시기부터 시작한다. 그래서 유대인 어머니는 아이를 목욕시키며 다음과 같은 기도문을 외운다.

얼굴을 씻어주면서는, "하느님, 아이가 항상 하늘의 소망을 바라보며 성장하도록 하소서"

손을 씻어주면서는, "하느님, 아이의 손은 기도하는 손이요, 사랑을 베푸는 손이 되게 하소서"

머리를 씻어주면서는, "하느님, 아의의 머릿속에 지혜와 지식이 가득 차게 하소서"

가슴을 씻어주면서는, "하느님, 아이의 가슴에 나라와 민족을 생각하는 마음을 주소서"

아기는 이러한 기도문을 듣고 자란다. 유대인의 자식교육은 이렇게 시작된다. 그것은 한마디로 사랑이다.

유대인은 아이가 하기 힘든 일을 부모가 대신하여 주는 일은 있을 수 없다. 다만 그 일에 대한 개념을 설명해주고 혼자할 수 있도록 지켜보는 것이다. 유대인 부모에게 자식의 삶은 오로지 자식의 인생인 것이다. 부모가 대신 살아줄 수 없는 삶인 것이다.

탈무드에는 다음과 같은 격언이 있다.

'자식을 낳는 일은 암탉도 할 수 있는 일이다.

하지만 키우는 일은 전혀 다른 일이다.'

지나치게 즐기면
목숨을 잃는다

"쾌락이란 것은 우리들이 가장 즐거워하는
그 순간에 이미 사라지는 것이다."

탈무드에는 다음과 같은 이야기가 있다.

배가 항해 중에 항로를 벗어나고 말았다. 거센 폭풍우가 휘몰아치는 가운데 배는 바람에 떠밀려 중심을 잡지 못하고 바다 위를 떠돌아다녔다. 그러던 중에 이름 모를 섬에 정착했다. 그곳은 바람이 잔잔해서 바람의 힘을 받아야 움직이는 돛단배는 더 이상 움직일 수가 없었다. 섬은 숲이 울창하게 우거지고, 온갖 꽃이 만발한 곳이어서 좋은 향기가 바람결을 타고실려 왔다. 이름 모를 섬에 도착한 승객들은 다섯 그룹으로 나누어졌다.

첫 번째 그룹은 다음과 같은 생각을 했다.

'우리는 이 배에서 내리지 말아야지. 언제 다시 바람이 불어올지 모르는 일이다. 다시 바람이 분다면 바로 닻을 올리고 배는 출발하게 될 것이다. 또한 안전을 위해서 배에서 내리지 말아야겠다. 잘못하다가는 배를 놓쳐서 외딴섬에 남겨지게 된다.'

이렇게 생각한 이들은 배에 그대로 남았다. 배에서의 생활은 무척이나 불편했지만, 그들은 다시 바람이 불어오기를 기다리며 배를 떠나지 않았다.

두 번째 그룹은 잠시 동안만 배에서 내려서 섬을 둘러보기로 했다. 그들은 섬에서 아름다운 경치를 즐기고, 섬에서 자라는 맛있는 온갖 과실을 따먹은 다음, 적당한 시간에 배가 있는 곳으로 되돌아왔다.

세 번째 그룹은 배에서 내려서 섬에서 충분히 즐겼다. 그래서 시간이 가는 줄 모르고 있었다. 하지만, 배가 닻을 올리는 것을 보고서 급히 즐기는 것을 멈추고 배로 되돌아 왔다. 그 때문에 지금까지 배 안에서 차지하고 있었던 편한 장소를 놓치고 불편한 자리에 앉아서 여행을 해야만 했다.

네 번째 그룹은 섬에 남아서 즐기는 것에 너무 깊이 빠진 나머지 배의 출발을 알리는 고동소리를 듣지 못했다. 그 중에는 출발 신호소리를 들은 사람도 있었지만 배를 정박하기 위해 내렸던 닻을 다 감으려면 더 시간이 남아있을 것이라고 생각했다. 그래서 그들은 최후의 순간까지 섬에서 즐기려고 했다. 이렇게 해서 배가 섬을 떠나기 위해 출발할 무렵에서야 허겁지겁 되돌아오느라고 나무숲 사이를 달려가다가 상처를 입기도 하고, 혹은 넘어져서 다치기도 하였다. 그 상처는 항해를 다 마칠 때까지 낫지 않았으며, 지속적으로 고통이 계속되었다.

다섯 번째 그룹은 섬 생활의 즐거움에 아주 정신을 빼앗겼다. 배가 떠나는 줄도 모르고 있다가 섬에 남겨지게 되었다. 그래서 마침내는 짐승들에게 목숨을 빼앗기거나 혹은 병이 들어 비참한 최후를 맞고 말았다.

이 이야기 속에서 배는 우리들의 삶의 진로를 상징하고 있다. 배에는 목적지가 있는 법이다. 그리고 그 섬은 쾌락을 나타내고 있다.

랍비들은 첫 번째 그룹은 잘못된 것이라고 생각했다. 항해는 견디기 어려운 것이므로 항로 중에 이러한 섬이 나타나거든 잠시 즐겨도 된다는 것이다. 그러므로 두 번째 그룹이 가장 올바른 태도라고 여겼다. 그들은 섬에서 알맞게 즐겼기 때문이다. 세 번째, 네 번째, 다섯 번째 그룹으로 가면서 차츰 더 쾌락에 빠져 들어갔다. 특히 다섯 번째 그룹은 자신들의 장래에 대해서 완전히 잊어버리고 있었기 때문에 일생을 망쳐버리고 말았다.

탈무드의 생활의 지혜 편에 있는 이 이야기는 '절제'에 대한 교훈을 전해준다. 절제란 정도를 넘지 않고 알맞게 조절한다는 말인데 누구가의 일방적인 제재보다는 스스로 현상을 조절하는 능력을 말한다.

탈무드에는 다음의 여덟 가지는 지나치면 해롭고 절제하면 이롭다고 기록되어 있다. 그 여덟 가지는 다음과 같다.

여행, 성교(性交), 부(富), 일, 술, 잠, 더운물, 사혈(瀉血:치료하기 위해 피를 뽑는 일) 등이다.

창조는
진행 중이다

"신은 인간을 자유롭게 창조했다."

신의 창조 행위는 한 순간도 쉼 없이 진행되고 있다. 사람 역시 이 창조 행위에 동참하고 있다.

창조의 의미는 세상에 없던 것을 처음으로 만든다는 것이다. 그것은 기다리면 나타나는 것이 아니라 그것을 붙잡는 자에 의해서 그 정체를 드러낸다. 이렇듯 창조물은 인간세계의 주변에서 늘 맴돌고 있으나 그것을 잡으려면 시간이라는 노력과 노동이라는 수고가 반드시 필요하다.

역사 속의 위대한 지도자, 인간의 삶을 한층 높인 과학자, 탐험가, 예술가 등은 신의 창조 대열에 함께하는 창조자들이다. 그렇다면 그들은 모두 보통사람과 전혀 다른 능력의 소유자들이기 때문에 창조적일 수 있었던 걸일까?

아닐 것이다. 자연의 법칙에 따라서 우리는 매일 새롭게 변화하고 있다. 다양한 분야에서 나날이 새롭게 변해가고 있다. 세계는 끊임없는 창조 행위가 한순간도 멈추지 않고 이루어지고 있다. 그렇기 때문에 일상에서 창조성을 발휘하기 위해서는 삶에 대한 진지한 관심으로부터 출발한다. 따라서 자신의 모든 행위에 대하여 객관적 입장에서 스스로 물을 필요가 있다.

"나는 만족하며 살아가고 있는가, 그렇지 않다면 어떻게 해야 하는가?"

창조는 대체로 불만족스러운 현실에서 나온다. 현재에 만족할 수 없어서 그것을 대신할 새로운 무언가를 만들고자하는 생각이 창조적 활동으로 나타나는 것이다. 하지만 대부분의 사람들은 창조적 행위를 하기보다 불편함을 감수하며 살아가고 있다. 현재의 삶에 대하여 불평하면서도 그것을 해결할 시도조차 하지 않는 것은, 자신을 스스로 이방인 취급을 하기 때문이다. 거대한 톱니바퀴 같이 잘 물려 돌아가는 세상에서 초라한 개인의 힘으로는 변화시킬 수 있는 것은 아무것도 없다고 생각하는 데 길들여져 있는 것이다. 더구나 창조라는 것이 반드시 지금까지 볼 수 없었던 새로운 것이 아닌 경우도 있다. 우리 주위를 둘러보면, 오래되어서 쓸모없는 것으로 생각한 지식이나 물건이 있다. 그것은 오랫동안 사용하지 않았기 때문에 녹이 생겨서 한 쪽 구석에 방치하다가 갑자기 필요하다는 생각이 나서 녹을 제거하니 반짝거리는 멋진 모양으로 변하여 유용한 물건으로 변하기도 한다. 세상은 지금까지 쓸모없다고 생각한 옛 것이 오늘 새롭게 나타나기도 하고, 어제 새로웠던 것이 오늘은 녹이 슨 옛것이 되기도 하는 것이다.

　창조적인 사람이 되기 위해서는 우선, 낡은 고정된 생각을 파괴하지 않으면 안 된다. 지금까지와는 다른 새로운 생각을 하지 않고 노력하지 않는다는 것은, 사용하지 않고 창고에 처박아 둔 쇠붙이에 녹이 스며든 경우와 같은 것이다.

잡초라고 할지라도
도움이 될 때가 있다

"가치가 없는 것은
세상에 존재할 수 없다."

빅데이터는 사회에서 벌어지는 모든 일을 섬세하게 분석한다. 그것은 세상의 모든 일을 가감 없이 받아들여서 객관적인 근거를 바탕으로 예측 가능한 일을 예상한다.

예를 들어 감기약 만드는 회사가 광고를 제작하려고 한다고 하자. 제약회사의 약의 효능은 어느 회사의 제품이나 거의 비슷비슷하기 때문에 결국 소비자의 심리상태를 분석하여 고객의 마음을 사로잡을 마케팅으로 승부를 걸어야 한다. 제약회사는 신제품을 출시하면 마케팅전략으로 반드시 빅데이터 분석을 한다. 페이스북이나 트위터 같은 사회 관계망 서비스

(SNS) 등에서 사람들이 감기 걸렸을 때 올린 글들을 수집한 후, 그 속에서 감기 환자의 심리 중 핵심을 파악한다. 그 결과, 감기에 걸리면 의식적으로든 무의식적으로든 주변 사람들과의 접촉이 불편하게 된다. 이때 감기 환자들은 '서럽다'는 단어를 많이 사용한다는 사실을 발견했다고 하자. 제약회사는 이러한 분석 결과에 따라, 마케팅전략으로 혼자 사는 마당에 감기까지 걸려서 서러운 사람을 엄마 손처럼 따뜻하게 보듬는다는 이미지의 광고를 만들 기획을 한다.

빅데이터가 반드시 좋은 정보만을 수집하여 분석하는 것이 아니다. 가능한 모든 상황을 분석한다. 그러므로 날이 갈수록 폭발적으로 메모리의 양이 커진다. 일상생활 속에서 데이터를 만드는 사항이 계속 늘어나기 때문이다. 세상에 쓸모없는 정보는 없다.

탈무드에는 다음과 같은 이야기가 있다.

「어느 농부가 뜰의 잡초를 뽑아내고 있었다. 허리를 굽힌 농부의 이마에서는 땀방울이 뚝뚝 떨어졌다.

"이 성가신 잡초만 없다면 뜰이 좀 더 깨끗해질 텐데, 하느님은 왜 이런 잡초를 만들었을까?"

농부는 혼잣말로 불평을 했다. 그러자 이미 뽑혀서 뜰 한쪽

구석에 누워있던 잡초가 농부를 보면서 말했다.

"당신은 나를 성가신 존재라고 했지요. 하지만 내 말을 좀 들어 봐요. 당신은 모르고 있으나 우리들 역시 뜰을 아름답게 가꾸는 일에 도움을 주고 있었답니다. 우리들은 뿌리를 흙속으로 내림으로써 흙을 갈고 있었거든요. 또 비가 올 때에는 흙이 떠내려가는 것을 막고 있답니다. 그리고 건조한 시기에는 바람에 모래가 날리는 것을 막는 일을 하지요. 여태까지 우리들은 당신의 뜰을 지켜 왔어요. 만약 우리가 없었더라면, 당신이 꽃을 가꾸려 해도 빗물이 당신이 정성들여 가꾼 꽃을 떠내려가게 하고, 바람이 흙을 날려버렸을 거예요. 그러므로 꽃이 아름답게 피었을 때, 그 아름다움 속에는 우리의 보이지 않는 노력도 들어있는 거랍니다. 다만 우리가 당신에게 바라는 것은, 아름다운 꽃을 피우기 위해서는 보잘것없지만 우리들의 수고도 있었다는 것을 알아주었으면 해요."

농부는 이 말을 듣자 자세를 바로잡고, 이마의 땀방울을 씻었다. 그러고 나서 잡초를 바라보며 미소를 지었다.」

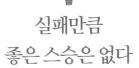

실패만큼
좋은 스승은 없다

"성공한 사람은 실패한 삶이 얼마나
힘든 것인지 깨달은 사람이다."

유대인은 기쁘고 영광스러운 날을 기념할 뿐만 아니라 패배한 일, 굴욕스러운 날도 기념하고 있다. 패배를 기억함으로써 또 다시 패배의 아픔을 겪지 않을 수 있도록 대비하고, 그것을 물리칠 새로운 힘을 기를 수 있다고 믿고 있기 때문이다. 많은 민족들이 승리한 날만을 기념하고, 실패한 날을 잊어버리려고 한다. 그러나 유대인은 실패를 잊어서는 안 된다고 생각한다. 실패는 너무나 귀중한 교훈인 까닭이다.

구약 시대 이스라엘 백성들은 하느님의 명령에 따라 3대 절기를 지켰다. 애굽에서 탈출한 것을 기억하면서 누룩 없는 빵을 먹으며 지키는 유월절, 땀 흘려 정성껏 일군 농사의 결실을 하느님께 감사의 마음을 올리는 맥추절, 그리고 농사의 결실인 추수를 끝내고 조상의 노고를 기리는 초막절이 그것이다.

유대인의 명절 가운데 가장 큰 명절은 '유월절'이다. 유월절은 유대인이 이집트에 노예로 잡혀 있다가 이스라엘 땅으로 탈출하여 되돌아온 역사를 기념하는 날이다. 이날 온 세계에 퍼져있는 유대인사회에서는 이를 기념하는 축제를 갖는다.

유대인들이 모세의 인솔에 따라 사막을 건너 이스라엘 땅에 도착했던 것은 아주 오랜 옛날의 일이다. 하지만 오늘날에도 유월절을 기념할 때마다 유대인은 이집트 땅에서 노예생활을 하며 먹었던 '맛소'라고 하는 누룩이 없는 빵을 먹는다. 이것은 조상인 유대민족이 받았던 굴욕을 다시 맛본다는 의미를 지니고 있다.

유월절에 유대인 부모들은 조상들이 이집트에서 노예로 붙잡혀서 학대받고, 모욕 받던 그 역사를 아이들에게 이야기해 준다. 유월절 만찬 때마다 그들은 몇 천 년 동안 그때의 고난을 되새기는 음식을 먹어 왔다. 예를 들면 유월절의 식탁에는 쓴맛의 잎사귀가 올라온다. 이런 쓴맛을 지닌 잎사귀는 축제

음식으로는 어울리지 않는 음식이지만 옛날 겪었던 패배의 쓴맛을 맛보기 위해서 내어 놓는 것이다. 또한 식탁에는 찐 달걀이 나온다. 그리고 마지막에 '아라차'라고 하는 술을 마시는데 이것은 최후의 승리를 의미하고 있다. 이런 음식은 역사의 교훈을 잊지 않으려는 상징적인 의미를 지니고 있다.

유대인들은 왜 유월절에 찐 달걀을 먹는 걸까?

다른 식품은 찔수록 물리지나 달걀은 찔수록 단단해지기 때문이다. 고난을 만날수록, 패배를 거듭할수록 강해진다는 뜻이 담겨 있다.

어떤 문제에 대해서 어떻게 행동해야 하는가를 배우자면 실제의 행동을 통해서 배우는 수밖에 없다. 인생에서는 성공하는 일이 있는가 하면 실패하는 일도 있다. 성공한 일만을 기억하고 있는 사람은 또다시 실패하기 쉽다. 성공은 사람을 오만하게 만든다. 그러나 실패는 사람을 긴장시키고 경계하도록 만든다. 그런 뜻에서 실패는 좋은 스승이다.

누구나 많은 아픔과 대가를 치르고 배운 것을 쉽게 잊어버리지는 않을 것이다. 사람은 스스로의 체험을 통해서 배우게 된다. 아픈 실패의 경험은 성공의 기억보다도 깊숙이 인식된다. 그러기에 실패의 경험이 귀중하다는 것이다.

한 번 실패했다고 해서 부끄러워할 것은 없다. 그러나 두 번, 세 번 실패를 되풀이하면 부끄러워해야 한다. 그러므로 실패는 좋은 경험으로 기억하고, 미래라는 공간에는 성공을 받아들여야 한다. 실패의 체험을 익혀 둔다는 것은 매우 중요한 일이다. 우리는 흔히 괴로울 때에는 즐거웠던 일을 생각해 내지만, 즐거울 때에는 괴로웠던 과거를 잊어버린다.

배운다는 것은 고통을 함께 하는 일이다. 고통을 다시 생각해 내는 것도 배워야 한다. 실패를 잊고자 하는 것은 사람의 본성이지만 그럼에도 불구하고 실패는 그 충격이 크면 클수록 언제나 기억하도록 해야 한다. 미래에 기다리고 있을지도 모르는 실패는 불유쾌한 것이지만, 과거의 실패는 도움이 되는 것이기 때문이다.

옛 전통을
소중히 하라

"전통은 선조들이 물려주신 고귀한 보물이다.
잊히지 않도록 잘 영위해야 하는 일은
우리가 해야 할 일이다."

　진정한 민주주의 국가로 인정받는 나라들을 살펴보면 공통점을 발견할 수 있다. 그것은 자신들의 전통을 소중히 하고 있다는 사실이다. 영국·스웨덴·노르웨이·덴마크 등은 왕실을 존중하고 있고, 스위스·미국·캐나다·이스라엘과 같은 국가들은 역사를 소중히 하고 있다. 그들 나라들은 자신들의 전통을 자랑으로 삼고 있다. 민주주의 국가에서 전통을 소중히 하는 것은 무슨 까닭일까?

　전통은 역사적으로 건전하게 후세에게 전승된 문화다. 나는 언젠가 옛것과 민주주의는 공존할 수 없는 것이 아니냐는 질문을 받은 적이 있다. 그 질문의 요지는, 민주주의는 새로운 것이며 나날이 새롭게 되어가고 있는데, 오랜 전통은 오히려 민주주의 사상의 진보를 저해하지 않겠냐는 것이었다. 그 질문을 받고 나는 많은 생각을 하지 않을 수 없었다. 그러던 중에 우연히 골다 메이어의 자서전 〈나의 생애〉를 읽게 되었다.

골다 메이어는 이스라엘 여성 수상이 됨으로써 세상에 널리 알려진 인물이다. 그녀는 젊은 시절을 다음과 같이 회고하고 있다.

「나의 결혼 방식에 관한 문제를 놓고 어머니와 나는 서로 다른 주장으로 대립했다. 나와 남편 모리스는 결혼식은 생략하고 시청의 서기에게 규정에 맞는 서류를 제출하기만 하면 된다고 생각했다. 그렇게 되면 손님을 불러 피로연을 베푸는 등의 법석을 떨지 않아도 되며, 다른 성가신 일도 생기지 않을 수 있다고 생각했기 때문이었다. 내 남편 모리스와 나는 사회주의자였다. 전통에 대해서 관용적이었으나, 굳이 우리가 그러한 전통에 속박될 것까지는 없다고 생각하고 있었다.

그러나 어머니의 생각은 달랐다. 만약 시청에 결혼 신고를 하는 것만으로 결혼을 끝낸다면 어머니는 유대인 사회에서 얼굴을 들고 살아갈 수 없게 되며 그런 일은 집안의 수치이므로 밀워키에서 더 이상 살 수 없게 될 것이라는 주장을 굽히지 않았다. 어머니는 나에게 전통적인 의식에 따라서 결혼을 하라고 종용했다.

결국 어머니의 간곡한 주장에 모리스와 나는 어머니와 타협을 했다. 우리는 어머니의 주장을 받아들여 15분 동안 결혼 식장의 츄파 밑에 서 있기로 했다. 나의 결혼식에는 양가의 친구들도 초청했다. 그리고 밀워키의 고명한 랍비인 숀펠드가 주례를 섰다.

어머니는 죽는 날까지 랍비 숀펠드가 자신의 딸의 결혼식을 축하하기 위해 우리 집까지 와주었으며, 게다가 어머니가 만든 케이크를 맛있다고 칭찬하며 먹은 것을 자랑삼아 기쁘게 이야기하곤 했다.

나는 지난날을 돌이켜보며, 그날의 나의 결혼식 행사가 어머니를 얼마나 즐겁게 했는가를 떠올리며, 시청에 단지 서류만 제출하지 않기를 정말 잘했다고 생각한다.」

전통적인 의례 행위는 민주주의를 확고히 만드는데 도움이 된다. 민주주의 사회는 일원적인 전체주의 사회와는 달라서 다양한 가치관이 존재한다.

어떤 사회적인 문제에 대하여 논쟁을 벌이는 TV 토론회를 보더라도 가령, 여섯 사람의 토론자가 있다면 여섯 사람이 각자 독자적인 다른 의견을 지니고 있을 수 있다. 그것은 민주주의는 다원적인 사회구조이기 때문이다. 이러한 민주주의 사회를 품위 있고 단결하게 만드는 것은 전통이라는 공동의 자산이 있기 때문이다. 전통을 소중히 하는 것은 진정한 민주주의를 확고하게 이룩하는 일이다.

많은 사람들이 전통을 소중히 함으로써 사회가 통합되는 효과를 보는 것은, 같은 분모 위에 서서 다양한 가치를 추구할 수가 있기 때문이다. 그러므로 진정한 민주주의 국가에서는 전통을 더욱 강조하고 존중해야 한다. 과거의 유산과 전통을 소중히 하는 나라 중에 합리적으로 잘 발전된 민주주의 국가가 많다는 것은 생각해 볼 문제이다.

유대인은 전통을 매우 중히 여긴다. 그렇게 함으로써 단단하게 결속되는 민족성을 간직해 왔다.

전통의 의미를 생각하지 않는 사람은 다른 사람에게 손을 잡혀 길안내를 받고 있는 장님과 같다.

Chapter 04

진실된
행동으로
사랑하라

Today is
yours to
shape
create a
masterpiece

사랑과 연애,
그리고 감정과 책임

"진실한 사람이 된다는 것은
책임을 안다는 것이다."

사람은 사랑을 하며 살아가는 존재다. 사랑의 범위는 너무나 넓기 때문에 여기서는 남녀 간의 사랑을 말하고자 한다.

유대인은 연애를 부정하지는 않으나 냉정한 눈으로 남녀관계를 지켜본다. 그리고 사랑하는 연인들의 결혼을 올바른 가정의 이룸을 전제로 진심으로 축복한다. 결혼은 사랑을 영원히 지키겠다는 두 사람의 약속을 전제로 이루어진다. 즉, 결혼은 두 사람이 가정을 이루어 어떤 어려움이 닥칠지라도 변함없이 사랑하며 온 정성을 다하겠다는 엄숙한 약속이다. 혼인서약문에는 배우자가 자신과 다름을 인정하고 그러므로 서로 이해하고 배려하겠다는 뜻도 담겨있다.

사랑은 서로에 대한 공경과 배려의 마음이 우선 되어야 한다. 부부간에 서로를 함부로 대한다면 부부의 공동 목표인 행복을 이룰 수 없다. 그것은 일방적으로 지배하거나 희생해야 한다는 편견과, 바깥일은 누가 해야 하며 집안일은 누가 해야 한다는 고정 관념을 버려야 가능하다. 특히, 부부는 일상생활에서 서로 도와주고 부족함을 채워 주는 관계라는 점을 명심하고, 서로가 배우자를 아끼고 배려해주어야 한다.

유대인은 결혼에 대하여 다음과 같은 생각도 갖고 있다.

'정열 때문에 결혼을 하더라도, 정열은 결혼만큼 오래가지 못한다. 사랑이 열렬할수록 그 사랑의 생명은 짧다. 홍분은 오래 계속되지 못하는 법이다.'

'사랑 때문에 얼마나 많은 희생자가 있었음을 우리는 역사를 통해 배우고 있다. 그 희생을 알면서도 인간이란 또 얼마나 사랑을 찾아 헤매는 동물인가'

인도의 영적 스승, 오쇼 라즈니쉬(Osho Bhagwan Shree Rajn-eesh)는 자신의 저서 〈사랑이란 무엇인가〉에서 다음과 같이 말했다.

「진실한 사랑에는 좌절감을 느낄 수 없다. 그것은 아무것도 기대하지 않기 때문이다. 반면, 진실하지 않은 사랑에는 깊은 기대감이 있기 때문에 언제나 부족함을 느낀다. 그 기대감은 너무나 커서 무엇으로도 충족시킬 수 없다. 따라서 진실하지 못한 사랑은 언제나 좌절을 불러온다.

연인에게 집착하지 않을 때, 사랑은 가장 높은 정점에 이를 수 있다. 사랑에 집착하면 괴로움이 시작된다. 집착하지 않는 모습에는 기품 있는 아름다움이 있다. 진정한 사랑은 얽매이지 않는 것이다. 진실하지 않은 사랑은 너무 지나치게 걱정한다. 진정한 사랑은 걱정이 아니라, 사려 깊은 마음이다.

누군가를 진정으로 사랑한다면, 그 사람이 정말로 필요로 하는 것이 무엇인지를 숙고해야 한다. 그렇지만, 그 사람에게 정말 필요한 모든 것을 주어야하지만 그 사람의 환상이 만들어낸 욕망을 충족시켜서는 안 된다. 이렇듯 사랑은 또한 몹시 냉정한 것이기도 하다. 무관심이 필요할 때는 무관심하게 바라보아야 한다. 사랑은 그것까지 배려하는 것이다.

신이라는 단어를 나는 매우 쉽게 버릴 수 있다. 그러나 사랑이라는 단어는 결코 버릴 수 없다. 신과 사랑 중 하나를 선택하라면, 나는 사랑을 선택할 것이다. 사랑을 아는 사람은 저절로 신을 알게 된다. 하지만 사랑을 알지 못하면, 신에 대해서도 결코 알지 못하리라」

　사랑의 마음을 지니고 서로 사귐을 갖는 인간관계의 모습
은 하느님의 창조목적에 가장 부합되는 풍경일 것이다.
　인간이 사랑으로 빚어진 존재라면….

여자와 남자는
서로 존중하는 사이다

"당신은 다만 당신이란 이유만으로도
사랑과 존중을 받을 자격이 있다!
우리는 누구나 당당한 인간이다."

유대인이 생각하는 가정에 대한 질서는 아버지를 중심으로 하는 부계중심이 가족 문화를 만들어 왔다고 말한다. 그들은 행복한 가정은 아버지의 권위가 바로 설 때 이룰 수 있다고 생각했다. 그러나 여성인 어머니가 결코 소외되지 않았다. 이상적인 가정의 아버지의 권위는, 아내의 부드러움과 조화를 이룰 때 생기는 것이다.

이스라엘 사람들을 이집트의 속박으로부터 해방할 수 있었던 것은 모세의 누이, 선지자 미리암(Miriam)의 지혜 (출애굽기 2:1-4)가 있었다는 내용이 있다. 또한 이스라엘의 잔다르크로 추앙받는 고대 유대의 독립 영웅에는 드보라(Deborah)가 있다.

이렇듯 성서에는 여성이나 어머니를 높게 칭송하고 있다. 히브리어에서 가장 높은 가치를 가진 말 중에 '라마하트'라는 말이 있는데, 이것은 '어머니의 사랑'이란 뜻이다. 유대 민족의 격언에는 '신이 모든 곳에 다 있을 수 없으므로 어머니를 만들었다.'는 말이 있다.

유대의 사회에서는 남자가 독립해서 아내를 맞아들여서 생활을 꾸려가지 않으면 한 사람의 어른으로 대접받지 못했다.

탈무드에는 남자들에게 주는 다음과 같은 격언이 있다.

'당신의 아내를 당신 자신을 사랑하듯이 사랑하고, 소중히 지키시오. 여자를 울려서는 안 되오. 하느님은 그녀의 눈물을 한 방울씩 세고 있을 것이오.'

유대의 전통 속에서 여성은 소중한 존재로 여겨지고 있다. 예를 들면, 매주 금요일의 안식일 만찬 때에는 가족이 모두 모여서 식사를 한다. 이때 남편은 다음과 같은 노래를 하도록 되어있다. 아내를 칭송하는 가사이다.

'당신은 부드러운 힘을 지니고 있다. 당신이 입을 열면 지혜 있는 말이 나온다. 하느님께서 당신을 축복하고 당신의 아이들을 지켜주시기를….'

또 탈무드는 다음과 같이 가르치고 있다.

'만약 남녀의 고아가 있거든 먼저 여자아이를 구해 주도록 하라. 사내아이는 구걸을 해도 괜찮으나, 여자아이를 그렇게 만들어서는 안 된다.'

유대인 사회에서 아내를 때리는 것은 가장 부끄러운 일로 여겨지고 있다. 그러나 유럽이나 중동의 여러 나라에서 여자를 폭력으로 다스리는 일은 흔히 볼 수 있었다. 심지어 중세의 가톨릭 교회법에서도, 필요하다면 아내를 때려도 괜찮다고 기록되어 있다. 영국에서는 15세기 말까지 법에 의하여 아내를 때리는 일은 허용되었으며, 19세기에 이르러서는 아내를 파는 일조차 허락되었다. 이와 같은 사실은 토마스 하디의 저서 〈캐스더 브릿지의 시장〉에 잘 나타나 있다.

고대 유대의 법률에는 아내를 때리는 자에 대해서는 엄한 벌을 내리도록 명문화되어 있었다. 또 아내가 소송을 하면 아내는 이혼을 할 수 있었으며, 남편으로부터 위자료를 받아낼 수도 있었다. 유대인들 사이에서는 이혼율이 매우 낮다.

그것은 남성이 여성을 소중히 하는 전통에서 나온 결과이다.

〈성경〉에 의하면, 이브는 아담이 자고 있는 동안에 하느님이 그의 갈비뼈 하나를 가져다 만든 사람이라고 기록되어 있다.

고대의 랍비들은, 어찌하여 남자가 여자를 찾고 여자가 남자를 그리워하는지, 다음과 같이 설명하고 있다.

'남자는 자기가 잃어버린 갈비뼈를 되찾고, 여자는 자기가 태어난 남자의 가슴으로 되돌아가려고 한다. 그 힘이 서로 당겨서 남녀가 맺어진다.'

근래에 미국에서는 남편에 의하여 강간을 당한 아내가 소송을 제기하여 승소했다는 소식이 많은 사람의 논란을 불러일으켰다. 이와 같은 일은 고대의 유대사회에서도 존재하고 있었다. 즉, 남편은 아내가 마음이 내키지 않을 때에는 강제로 관계를 가져서는 안 된다는 것이다. 이른바 남편의 강간죄라는 것이 고대의 유대 율법에 기록되어 있었다.

〈자선의 황금계단〉이라는 도표를 만든 '마이모니테스'는 그의 저서에서 다음과 같이 기록하고 있다.

「여자는 자신의 뜻에 거슬러서 남자의 의지를 강요받지 않는다.

지금까지의 모든 인류의 발전은 남성과 함께 여성의 노력의 결과이다. 여성과 남성은 '상호보완적인 존재이며, 공동체를 이루어야 할 파트너요, 이웃이요, 친구다. 수많은 역사의 발전이 노동에 의하여 지속되어 왔다는 사실은 그 역사가 비단 남자들이 홀로 만들어낸 산물이 아니라 여자와 함께 만들어낸 것임을 입증한다. 그러므로 남성에 비해 여성의 지위나 힘이 소외되고 있는 현실은 남자들이 그 역사적 산물의 성과를 자기들만의 것으로 가로채려고 하는 이기적인 소유행위에서 비롯된 것임을 알 수 있다. 이것은 아주 중대한 문제로, 노동의 법칙에 어긋나는 죄악임에 다름없다.」

어머니가 유대인이어야
유대인이다

"남편의 권위는 주위의 평판으로 만들어지지만
그 열쇠는 아내가 쥐고 있다."

1969년, 유대인들의 관심이 집중되었던 세기의 사건에 관한 재판이 있었다. 이 재판의 관건은 '자녀들은 유대인인가'라는 문제를 다룬 판결이었으며, 사람들은 결과에 주목했다. 이 재판을 제소한 사람은 베냐민 샤리트라는 이스라엘 해군 소령이었다. 그는 이스라엘 해군사관학교를 졸업했으며, 자신이 유대인이라는 것에 큰 자부심을 갖고 있는 남성이었다. 그는 영국 유학 중에 기독교인인 영국여성과 결혼하여 두 아이를 낳았다. 그는 당연히 자신의 자녀들 또한 유대인이라고 생각하여 유대인 학교에 보냈다. 하지만 어느 날 두 아이가 다니는 학교에서 호적 조사표를 보내왔다. 호적 조사표에는 두 가지 사항을 표시해야하는 난이 있었다. 첫째, 어느 민족인가? 둘째, 어떠한 종교를 갖고 있는가? 이다. 샤리트 소령은 어느 민족인가라는 물음에 당연히'유대인'이라고 표시를 했다.

하지만, 학교에서는 유대인이 아니라는 통보를 보내왔다. 이에 샤리트 소령은 법원에 고소했으며, 법원은 다음과 같은 판결을 내렸다.

'유대교로 개종하지 않은 어머니에게서 낳은 아이는 유대인이 아니다.'

이 사건은 국회에서도 논란이 되었다. 판결문에는 샤리트 소령의 자녀들에게 '유대인'이 아닌, '이스라엘인' 이라고 등록하도록 판결했다.

이 판결은 어머니가 유대인이어야 유대인이다라는 탈무드에 기록된 정의를 확인시켜 준 좋은 사례다.

어머니는 히브리어로 '엠' 이다. '엠'은 '아멘'이란 뜻으로도 쓰인다. 특히 유대인은 '아멘'이란 단어를 축복의 말씀을 받을 때나 혹은 동감을 표하는 대답으로 사용한다. 따라서 가정에서 어머니는 '아멘'의 역할을 담당한다고 볼 수 있다.

탈무드는 하느님이 여성을 창조할 때, "어머니는 자녀에게 육신뿐만이 아니라, 영적 생명을 주는 사명도 갖고 있다. 하느님은 모든 곳에 계실 수 없어서 어머니를 보냈다."고 기록하고 있다. 즉 어머니는 자녀에게 영적 생명을 전수해주어야 할 책임이 있다는 것이다.

탈무드에는 자녀의 정서교육은 어머니의 가슴에서 시작된다고 기록하고 있다.

어머니는 어린아이에게 절대적으로 필요한 존재이다. 자녀의 교육은 어머니의 가슴에서부터 시작된다. 유대인 어머니는 특별한 일이 없으면 아이에게 모유 수유를 한다.

영국의학 영양센터의 알렌 루카스 박사는 1982년 전, 후 3년 사이에 태어난 영유아 1000명을 대상으로 모유와 분유의 수유에 대한 연구를 진행하였다. 연구결과, 모유를 수유한 아기들이 분유를 수유한 아기들에 비해 지능지수(IQ)에서 8.3점이나 높았다고 한다. 이 사실은 하느님의 창조의 원리에 따라 자녀를 교육할 때 지능도 높아진다는 것을 보여준다.

질투만큼
무서운 것은 없다

"만일 질투가 열병이라면
세상 사람들 모두는 열병에 걸린 환자가 됐을 텐데."

질투(嫉妬)의 뜻을 사전에서는,

'우월한 사람을 시기하고 증오함, 또는 자신이 좋아하는 이성(異性)이 다른 이성을 좋아하는 것을 지나치게 시기함'이라고 정의하고 있다.

사랑은 맹목(盲目)이라고 하지만 질투야말로 사람의 눈을 멀게 하는 것이다. 그래서 유대의 속담에 다음과 같은 말이 있다.

'질투는 천의 눈을 가진다.'

남녀관계에 있어서의 질투뿐만이 아니라 질투의 원인은 무척 다양하다. 유아기에도 질투의 요소는 발생한다. 부모의 사랑을 독차지하던 아이가, 어느 날 갑자기 동생이란 녀석이 나타나서 부모의 사랑에 이동이 생긴 것이다. 사랑의 이동은 질투의 시발점이 된다. 또 사회적으로 우월한 사람에 대한 질투가 있다. 일종의 열등감의 표현인 것이다.

고대 이스라엘의 2대 왕인 다윗은 초대 왕인 사울의 질투로 인하여 많은 고초를 겪어야 했다. 사울은 골리앗을 물리친 다윗을 만백성이 추종하자 온갖 유언비어를 퍼뜨려 다윗을 경계했다. 더구나 다윗이 자신의 딸 미갈(Michal)과 결혼하자, 다윗에 대한 미움은 극에 달한다.

다윗이 자신을 죽이려는 사울왕의 계획을 알고 왕궁을 탈출하여 도망가자 사울왕은 다윗의 탈출을 도운 사람들을 모두 죽였다.

고대로부터 유대인들 사이에 전해져 내려오는 수수께끼가 있다.

"랍비, 당신은 모든 것을 알고 있어요. 그럼, 만일 아담이 낙원에서 외박을 하고 아침에 돌아오면 이브는 어떻게 행동하는지 말씀해 주십시오."

　이 문제의 답은 에덴낙원에는 아담과 이브 두 사람밖에 살고 있지 않았기 때문에 '이브는 아담의 갈비뼈를 세어 본다.'이다. 이브는 아담의 갈비뼈로 만들어졌으므로 만약 갈비뼈의 숫자가 모자란다면 또 한 사람의 여자가 있다는 것이 된다. 비록 질투를 하더라도 이만한 합리성을 지니고 있다면 대견한 일이다. 또한 사랑하는 연인 사이에서는 질투 역시 애정의 바로미터가 된다. 질투의 불이 꺼져버리면 헤어질 날이 다가왔다는 사실을 알아야한다는 뜻이다. 이렇듯 질투의 바탕에는 사랑이 있다. 질투하지 않는 연인은 마음속으로부터 사랑하고 있지 않다는 말이 된다.

　하지만 질투가 무서운 것은, 오해를 불러들이기 때문이다. 탈무드에는 다음과 같은 말이 있다.

　'눈먼 질투만큼 무서운 것은 없다.'

　성서의 잠언 (27-4)편에는 다음과 같은 내용이 있다.

　'화가 나서 사나워지고 분이 터진 사람은 어떤 방법으로도 막을 수는 있겠지만, 질투에 눈 먼 사람을 누가 당해 내랴.'

　질투는 보이지 않는 것까지 보았다고 여기게 만든다. 질투는 또한 끝없는 망상을 낳는다. 사랑은 맹목이지만, 질투는 눈이 먼 것보다 더 나쁘다. 보이지 않는 것까지 보기 때문이다. 불투명하게 앎으로써 불행해진다. 섣부르게 안다는 것은 무서운 것이다. 그것은 망상의 소용돌이 속으로 자신을 내던지는 일이다. 섣부른 앎에서 시작한 질투는 결국 무서운 비극으로 끝이 나기 마련이다.

감사의 마음은
겸허함에서 나온다

"가장 감사해야 할 것은
신이 주신 능력을 제대로 이용하는 것이다."

추수감사제는 나라에 따라 그 시기가 제각각이다. 그렇지만 공통적인 의미는, 겸허한 마음으로 일용할 양식을 거두게 하신 하느님과 조상에 대한 감사한 마음을 올린다는 것이다.

유대인이 추수감사제의 의미로 지키는 절기는 초막절이다. 유대인은 이 절기를 '수장절'(출 23:16)이라고도 한다. 수장절(收藏節)의 의미는 문자 그대로 곡식을 거둬들여 저장한다는 의미이다. 그래서 초막절은 해마다 약간의 차이가 있으나 보통 태양력으로 9월 중순부터 10월 중순 사이이며 추수에 대한 감사를 하는 날이다. 그러나 유대인들은 초막절에 곡식을 거둬들여 쌓아놓는 것보다 더 중요한 의미가 있다. 그것은 하느님과의 언약 관계를 보존하고 지키는 것이다. 이스라엘 백성들은 가나안 땅에 들어가 풍족히 먹고 아름다운 집을 짓고 살면서 스스로 마음이 교만해져 하나님을 잊어버릴까봐 초막절을 지켰다.(신 8:12~14). 그래서 유대인들은 초막절이 되면 교만해지지 않았다는 의미로 자신의 집을 떠나 초막을 짓고 밖에서 지낸다.

개신교의 추수감사절은 1620년 메이플라워호를 타고 영국에서 신대륙으로 이주한 청교도들이 이주 첫해에 혹독한 추위와 질병으로 많은 이들이 목숨을 잃는 시련을 겪은 후 이듬해인 1621년 정착지에서 첫 수확의 기쁨을 기념하여 감사기도를 올리며 축제를 벌인 일에서 비롯되었다. 그들은 갖가지 차례음식을 올리며 일주일간 추수감사 기간을 지켰다. 하지만 수확의 기쁨도 있었지만 그들에게는 자신들과 추수의 기쁨을 함께 나누지 못하고 머나먼 이국땅에서 죽은 동료, 친척, 가족에게 올리는 제사의 의미가 있었다.

이러한 경건한 의식으로 거행되던 추수감사절이 많이 퇴색된 모습으로 오늘날의 교회가 맞이한다는 점은 안타깝다.

사람의 본성 중, 누구나 갖고 있는 특성의 하나는 감사의 마음을 갖는 것이다. 어떤 일에든 감사하는 습성을 지니는 것은 중요하다. 진정으로 감사하는 마음은 겸허한 마음에서 우러난다. 겸허한 마음을 갖게 되면 보는 시야가 크게 넓어진다. 그러므로 지금까지 생각하지 않았던 사람이나 물건이 새롭게 마음 안으로 들어오는 것이다.

사람은 누구나 물건을 팔아야 하는 상인과 다름없다. 허리를 굽히는 상인은 거만한 상인보다 고객이 많은 법이다. 감사한 일에 진정으로 감사하는 마음이 전해지도록 겸허한 마음을 갖는 것이 중요하다. 그러함으로써 마음이 온화해지고 순해지며 걱정거리도 줄어들고 탐욕도 사그라진다.

자신을 불만족스럽게 했던 일조차도 감사하는 마음으로 바라보라. 그러면 만족은 자연스럽게 찾아올 것이다.

유머는
강력한 무기다

> "유머 감각이 없는 사람은 스프링이 없는 마차와 같다.
> 길 위의 모든 조약돌에 부딪칠 때마다 삐걱거린다."

유머는 여유가 있고 강한 사람에게서 우러나오는 말이다. 웃음은 '백약(百藥)의 으뜸'이라는 말이 있듯이 활발한 웃음은 즐거운 것이다. 유머를 소중히 하고 적절히 구사한다면 여유롭게 곤란한 순간과 어려움을 극복할 수 있다. 유머는 사람이 지니고 있는 강력한 능력 중의 하나이다.

유머는 왜 웃음을 주는가?

그것은 규격에서 벗어나기 때문이다. 좋은 의미로서, 규격에서 벗어난다는 것은 여유가 있다는 것을 나타내고 여유가 있음으로 해서 유머라는 유희가 가능해 지는 것이다. 유머는 긴장되고 어색한 자리를 밝게 만들고, 사람들의 마음을 편하게 만들어 준다. 현명한 사람은 힘든 상황에 놓여 있더라도 유머를 구사할 여유를 지닌 사람이다.

유익한 유머는 지성에서 우러나온다. 세련되고, 적절한 순간과 상황에 걸맞은 유머는 지적으로 잘 준비된 사람만이 구사할 수 있는 것이다. 또한 유머는 새롭고 신선해야 유머로써 가치를 발휘한다. 같은 말을 두 번 세 번 되풀이한다면 그 말은 이미 호소하는 힘을 지니지 못한다.

유대인은 웃음과 유머를 항상 소중히 해왔다. 유대인은 '책의 민족'으로 알려져 있고, 또한 '웃음의 민족'이라고도 불리고 있다. 유대인이 역사적으로 그토록 참혹한 박해를 받았음에도 불구하고 끈질기게 살아남은 것은 웃음의 효용을 알고 있었기 때문이다. 유대인들은 아무리 절박한 상황에 놓여 있더라도 그것을 웃음으로써 극복할 수 있는 여유와 마음가짐을 지니고 있었다.

유대인인 로스차일드는 런던에서 영국 궁전을 드나들며 재산을 이루어 굴지의 부호가 된 사람인데 그가 대부호가 될 수 있었던 것은 유머와 조크를 적절히 이용할 수 있는 재치가 있었기 때문이라는 것은 잘 알려진 사실이다.

사전적 의미를 찾아보면, 유머(humor)는 익살스럽고도 품위가 있는 말이나 행동이다. 그리고 조크(joke)는 악의 없이 장난으로 하는 말이나 익살이다. 적절하게 사용하는 유머와 조크는 대화의 자리를 즐겁게 한다. 조크의 특징의 하나는 의외성이 있다는 사실이다. 우리들은 사회적인 규범이나 관습에 의해서 규격에 박힌 생활을 하고 있기 때문에 의외성이 있는 사건이나 이야기를 들으면 웃음을 터뜨린다.

예를 들면, 위엄을 갖춘 사장이 바나나 껍질에 미끄러져 넘어졌다면 우리들은 웃게 된다.

왜 웃을까?

위엄 있는 신사인 사장이 바나나 껍질에 넘어졌다는 사실은 뜻밖이기 때문이다. 종종 권위는 함부로 범접할 수 없는 근엄함이나 거짓된 껍질을 쓰고 있는데 그것이 미끄러져 넘어짐으로써 일순간 그것이 벗겨지게 되는 것이다.

또한 웃음은 반항적인 것이기도 하다. 어떤 일에 몰입해 있다면 웃을 수가 없다. 대상을 객관화함으로써 유머가 생겨나는 것이다. 비판정신이 없다면 효과적인 유머는 이루어지지 않는다. 유대인은 항상 권위를 의심하는 것이 중요하다고 배우며 자라왔다.

프로이드, 아인슈타인이 새로운 학설을 발견한 것도 기존 학설의 권위를 의심했기 때문이었다. 그리고 그들의 학설은 의외성이 있는 것들이었다. 이렇듯 조크나 유머는 창조력을 키울 수 있는 좋은 훈련장이 되어 준다. 그러므로 유대인은 어릴 적부터 웃음이 지니고 있는 힘에 대해서 가르친다.

유대인으로부터 〈성서〉를 빼앗아 버리면 그는 이미 유대인이 아니듯이, 유대인으로부터 웃음을 빼앗아 버린다면 그 또한 유대인이 아니다.

우리들도 항상 즐거울 때는 말할 것도 없고, 아무리 괴롭고 어려운 시련이 닥치더라도 웃음과 유머를 잃지 말아야 할 것이다.

기지(機智)는
보물 상자다

> "다른 관념을 서로 연결시켜 순간적인 재치로
> 문제를 해결하라."

기지(機智)의 사전적 의미는 '일을 재치 있게 처리하는 지혜'다. 기지는 무심히 생각해서는 좀처럼 떠오르지 않으며, 평소의 훈련으로 닦여져야 유용한 기지가 떠오르는 것이다. 그렇게 잘 훈련된 기지는 사람을 정신적인 부자로 만들거나 행복하게 만들기도 한다. 기지는 마치 행복을 만드는 요술 상자 같다고 할 수 있다.

유대인은 특히, 순간적인 기지를 발휘하여 경제적인 부를 획득하는 상술에 뛰어난 기지를 발휘했다. 상거래에서 지폐를 만들어 유통시킨 이들은 유대인이었다. 무거운 동전보다는 보관이 간편하고, 이동이 편리한 유통방법을 생각하다 수표와 지폐를 생각한 것이다. 백화점의 탄생 또한 유대인 작품이다. 백화점이 탄생하기 전, 상거래는 단일 품목으로 이루어졌다. 구두는 구두점에서, 식료품은 식료품점에서, 쇠로 만든 물건은 철물점에서만 구입할 수 있었다. 물론 기독교인들이 사는 중심지에는 시장이 있었지만, 유대인은 시장 내에 상점을 개설할 수가 없었다. 그들은 손수레에 물건을 싣고 장사를 하러 돌아다녔는데, 수레에 물건을 싣고 장사하던 유대인들이 한 곳에 모여서 물건을 팔기 시작하더니, 지붕을 만들고 진열대를 만들기 시작한 것이 백화점의 시초다. 백화점에서는 여러 곳을 다니지 않고도 한 곳에서 모든 물건을 구입할 수 있는데, 규모가 커지다보니 대량구매로 단가를 내릴 수 있었다.

탈무드에는 기지(機智)를 발휘하여 자신의 재산을 고스란히 자식에게 물려준 내용의 이야기가 있다.

한 나그네가 예루살렘을 떠나 여행하는 도중 어느 도시에 이르러 병이 들었다. 그의 병은 나날이 악화되었고, 그는 자신의 죽음이 임박한 것을 알고 그동안 신세를 진 친구인 집주인을 불렀다. 나그네는 자신이 가진 귀중품을 친구에게 맡기고 다음과 같은 유언을 남겼다.

　"만일 나의 아들이 에루살렘으로부터 이 곳에 와서 세 번의 재치 있는 지혜를 보여주면 내가 맡긴 물건들을 아들에게 넘겨주게. 나의 아들이 그런 재치를 보이지 않거든 물건을 주지 말고 자네가 가지도록 하게."

　나그네는 이와 같은 유언을 남기고 하늘나라로 떠났다. 얼마 후, 그의 아들이 그 도시에 도착했다. 아들은 아버지가 신세진 집의 주인이 살고 있는 곳을 물었지만, 아무도 그 사람이 어디에 살고 있는지 대답해 주지 않았다.

　마침 그때, 커다란 나무를 지게에 싣고 지나가는 사람이 있었다. 나그네의 아들은 그에게 물었다.

　"그 나무를 나에게 팔지 않겠습니까?"

　나무꾼은 환한 웃음을 띠우며 말했다.

　"네, 그렇게 하지요."

　나그네의 아들은 후하게 나무 값을 결정하고 주머니에서 돈을 꺼내며 말했다.

　"여기 돈이 있습니다."

　나그네의 아들은 그렇게 말하고 나서, 나무꾼에게 자신의 아버지가 신세진 집으로 가도록했다. 아들은 나무를 짊어진 사람의 뒤를 따라 마침내 찾고자 하던 집을 찾을 수 있었다.

이것이 첫 번째 현명한 방법이었다.

아버지 친구의 집에 도착하여, 자신이 병으로 죽은 나그네의 아들이라고 소개를 하자, 집주인은 환대를 해주었다. 집주인은 가족과 함께 식사를 하자고 권했다. 그 집에는 주인 내외를 비롯해서 두 아들과 두 딸이 있었다. 그런데 점심 식탁 위에는 로스트 치킨이 다섯 마리밖에 나와 있지 않았다. 주인은 친구의 아들인 손님더러 치킨을 공평하게 나누도록 했다.

"제가 나누다니요. 황송한 일입니다."

아들은 집주인의 요구를 사양했다.

"괜찮소. 사양하지 말고 공평하게 나누어 주기를 부탁드리겠소."

주인은 거듭 부탁했다. 그래서 할 수 없이 젊은이는 치킨을 나누기 시작했다.

그는 치킨 한 마리를 주인 내외의 몫으로 나누고, 다음번 치킨은 두 아들의 몫으로 나누었다. 그리고 다음번 것을 두 딸 몫으로 나누었으며, 나머지 두 마리는 자기 몫으로 차지했다. 가족들은 손님의 이 엉뚱한 분배 방식에 대해서 아무런 불평도 하지 않고 치킨을 먹기 시작했다. 이것이 주인이 그를 시험하는 두 번째의 문제에 대한 대답이었다.

저녁 식사 때에는 암탉 요리가 나왔다. 주인은 또다시 손님에게 암탉을 잘라서 분배하도록 부탁했다. 젊은이는 머리 부분을 주인 몫으로, 내장은 부인 몫으로, 다리는 두 아들에게, 날개는 두 딸에게 주고, 몸통 부분은 자기가 차지했다. 이것은 주인이 그를 시험하는 세 번째의 문제에 대한 대답이었다.

주인은 손님에게 궁금한 듯이 물었다.

"예루살렘에서는 이런 식으로 음식을 나누는 겁니까? 점심 식사 때에는 아무 말도 묻지 않았소만 이번에는 젊은이의 분배 방식의 이유를 꼭 들었으면 하오."

그러자 젊은이는 분배에 대한 설명을 하였다.

"음식을 나누는 일이 마음이 내키지 않았지만, 꼭 그렇게 해달라고 주인께서 부탁을 하셨기에 그랬던 것입니다. 그럼, 제가 나눈 방식에 대해 설명해 드리지요.

점심때에는 일곱 사람에게 다섯 마리의 치킨을 나누게 되었습니다. 그 근거는 다음과 같습니다. 주인어른과 부인, 그리고 치킨 하나로 숫자는 3이 됩니다. 또 아드님 두 사람과 치킨 하나면 또 3이 됩니다. 마찬가지로 두 분의 따님과 치킨 하나로 역시 3이지요. 그리고 저와 치킨 둘이면 3이 되어 공평하게 나누어진 것입니다.

다음에는 저녁 식사의 분배입니다. 저는 먼저 주인어른에게 머리 부분을 드렸습니다. 그것은 주인어른이 이 집의 우두

머리이기 때문입니다. 부인에게 내장을 드린 것은 마님은 가정에서 풍요의 상징이기 때문에, 또 아드님에게 다리를 나누어 준 것은 두 사람이 이 집의 기둥이기 때문입니다. 따님들에게 날개를 드린 것은 장래에 두 분이 이 집을 떠나 남편의 집에서 살게 되기 때문입니다. 저는 몸통 부분을 먹게 되었습니다. 그것은 제가 이곳에 배를 타고 와서 돌아갈 때도 배로 가기 때문입니다."

"참으로 훌륭하오. 과연 젊은이는 내 친구의 아들이오."

주인은 그렇게 말하고 나서 친구가 맡겼던 물건들을 젊은이에게 내어주었다.

"이것이 내 친구의 아들인 젊은이에게 돌아가는 유산입니다. 부디 집안이 번영하기를 기원합니다."

기지(機智)는
보물 상자다 2

"진정한 기지는
머리에서보다 마음에서 나온다."

유대인은 기지(機智)를 높이 평가한다. 그래서 그들은 조크나 수수께끼 같은 것을 소중히 여겨 왔다.

유대인은 '조크나 수수께끼는 머리를 날카롭게 가는 숫돌이다.'라고 생각해 왔으며, 그 이유로 그것은 의외성이 있기 때문이라고 설명한다.

유대인들은 시기적으로 자녀가 사리를 분별할 수 있는 무렵이 되면, 자식들에게 여러 가지 수수께끼를 내어 기지를 훈련시켰다. 이렇게 어려서부터 기지에 대한 교육을 받은 유대인들은 어른이 되면 항상 조크를 주고받는다. 조크는 웃음을 가져올 뿐만 아니라 어떤 상황에서도 전체적인 조화를 이루기 위하여 적절한 화법을 항상 생각해야 하기 때문에 두뇌의 작용을 좋게 만든다. 조크는 두뇌라고 하는 기계의 회전을 원활하게 하기 위해 제공하는 기름과 같은 역할을 한다.

앞장의 이야기에 이어 탈무드에는 유대인의 기지가 잘 드러나 있는 이야기가 있다.

어떤 부자가 자신의 죽음이 가까워진 것을 깨닫고 변호사에게 자신의 유언을 구술했다. 변호사에게 남긴 유언의 요점은 두 가지였다.

'나의 충실한 노예에게 전 재산을 물려준다. 그리고 독자인 아들에게는 내가 가진 모든 것 중에서 단 한 가지만을 고르도록 한다.'

이와 같은 유언장을 작성한 후, 부자는 변호사에게 다음과 같이 말했다.

"내가 죽으면 이 유언장을 존경하는 랍비 하비에게 보여주고 그의 보증을 받고 유언장의 내용대로 집행될 수 있도록 해 주시오."

부자가 죽은 후, 변호사는 주인의 유언장을 랍비에게 보여주었다. 랍비는 변호사와 함께 전 재산을 물려받을 노예를 대동하고 아들이 있는 곳으로 갔다.

랍비는 아들에게 다음과 같이 말했다.

"당신의 아버지는 전 재산 모두를 여기 있는 노예에게 물려주었습니다. 다만 당신에게는 단 한 가지만을 상속하도록 유언하셨습니다. 무엇을 상속하시겠습니까?"

"저는 이 노예를 상속하겠습니다."

아들은 노예를 상속받음으로써 아버지의 재산을 모두 이어받게 되었다.

죽은 아버지는 아들의 현명함을 잘 알고 있었던 것이다. 부자아버지는 이러한 방법을 써서 노예가 자기 재산을 마음대로 처분하지 못하도록 조치한 것이다.

비밀은
지켜져야 한다

"아무리 가까운 친구일지라도
자신의 비밀을 털어놓지 말라."

비밀은, 사실을 숨기어 남에게 드러내거나 알리지 말아야 하는 일이다. 인간의 가치는 그 사람이 비밀을 얼마나 잘 지킬 수 있는가 하는 것으로 측정이 될 때가 있다. 그 사람의 신뢰성이 시험되기 때문이다.

일단 비밀을 알게 되면, 다른 사람에게 이야기하고 싶어지는 것이 사람의 본능이다. 다른 사람들이 모르는 비밀을 자신만이 알고 있다는 것으로 사람들의 관심을 끌고자 하는 심리가 사람에게는 있기 때문이다.

자기만 알고 있는 것을 다른 사람에게 말할 때, 주목을 끌게 되지만 어떤 사람이 말해 준 비밀을 또 다른 사람에게 이야기한다는 것은, 자신에게 비밀을 밝혀 준 상대방의 신뢰를 배신하는 결과가 된다. 어떠한 경로를 통해서 알게 된 비밀에 대해서는 존중하고 조심하는 마음을 가져야 한다.

탈무드는 비밀에 대한 많은 가르침을 주고 있다.

'비밀은 당신의 수중에 있는 한, 당신이 그것의 주인이며, 입에서 나와 버린 다음에는 당신이 그것의 노예가 된다.'

'세 사람 이상 알고 있는 비밀은 이미 비밀이 아니다.'

'만일 당신이 세 사람에게 비밀을 말한다면 얼마 후, 열 사람이 그 사실에 대해서 알게 된다.'

'비밀은 듣는 것은 쉬우나, 자기에게 머무르게 하는 일은 어렵다.'

'술이 들어가면 비밀이 나간다.'

비밀을 지키는 일은 매우 중요하다. 예를 들어 군사비밀이 적군의 정보망에 누설된다면, 한 순간에 많은 사상자가 발생하는 일이 발생하며, 나아가 한 나라의 운명이 비밀이 지켜지지 않음으로 인해 역사가 바뀌기도 한다. 그래서 적의 비밀을 탐지하기 위해 스파이를 침투시키고 막대한 자금을 투자하는 것이다. 한 국가의 정보를 다루는 기관이 중요한 이유는 적의 비밀을 탐지하고 아군의 비밀을 수호하는 임무를 갖고 있기 때문이다.

세계 2차 대전 중 적과 아군을 식별하는 약속된 언어, 암구호가 적의 정보망에 누출되어 약 900여 명의 연합군이 한 순간에 전멸을 당한 사건도 있었다. 비밀(秘密)은 약속된 사람들 사이에 공유하는 것이며, 약속된 사람들 외에는 지켜져야 하는 것이다.

Chapter 05

현재는
미래의
출발점이다

Today is
yours to
shape
create a
masterpiece

자기도취는
악의 지름길

"어리석은 행위의 제1단계는
자기 자신의 현명함에 자기도취하는 것이며,
제2단계는 그것을 고백하는 것이고,
제3단계는 충고를 경멸하는 것이다."

자기도취는 자기 자신에게 애착을 느끼는 현상, 즉 자기애 (自己愛)다. 정신분석학적 용어로는 나르시시즘이라고 하며, 독일의 정신과 의사 P. 네케가 명명했다. 나르시시즘은 호수의 물에 비친 자기 모습에 도취하여 물에 빠져 죽은 그리스 신화의 미소년 나르키소스에서 비롯된 것이다.

나르시시즘은 자기 주도적으로 사업을 키운 기업가, 젊은 나이에 출세한 사람 등에서 종종 볼 수 있는 현상이다. 그들의 이러한 행동은 자신의 능력을 다른 사람들로부터 청송받고 싶다는 속마음이 행동으로 나타나는 것이다. 그들은 스스로 다른 사람보다 비교우위에 있다고 생각하며, 오만과 독단으로 의사결정을 하는 등의 행동으로 나타난다. 이것은 인격적으로 성숙하지 못한 성공한 사람들에게서 나타나는 일반적인 나르시시즘 현상이다.

탈무드에는 다음과 같은 말이 있다.
'돈은 자기도취의 지름길, 자기도취는 죄에 이르는 지름길.'

오만한 마음을 가지게 되면 겸손함을 잃어버리기 때문에 자기 자신의 잘못된 버릇을 스스로 고치려는 생각은 하지 않으며 또한 자신이 일이나 사람관계 등에서 중심에 있다는 그릇된 생각에 빠지기 때문에 남을 무시하거나 일을 독단적으로 처리하는 등의 행동을 한다.

탈무드에는 나르시시즘을 죄로 여기지는 않았으나 '어리석은 마음'이라고 규정했다.

자만으로 가득 찬 사람의 마음속에는 하느님이 머무를 장소가 없다고 한다.

유대인은 자식들에게 자만한 마음가짐에 대한 깨달음을 가르칠 때 〈성서〉의 창세기편을 교본으로 삼는다.

하느님이 세상만물을 창조하실 때, 사람을 맨 나중에 만드셨다고 기록하고 있다. 하느님은 처음으로 빛과 어둠을 나누고, 하늘과 땅을 갈랐으며, 물과 뭍으로 나누었다. 그리고 나서 동물을 만들었다. 그리고 가장 마지막으로 아담과 이브를 만드셨다. 그러므로 사람보다는 벼룩이 더 먼저 만들어졌다. 사람이 잘난 척할 것은 조금도 없다는 것을 깨우쳐 주는 것이다.

자랑스러움과 거만한 마음가짐은 분명히 구분되지 않으면 안 된다. 자랑스러움은 건전한 것이지만 거만한 마음가짐은 병이며, 어리석음이다. 자기 스스로를 칭찬하는 습관은 매우 잘못된 습관이다. 자기 스스로를 칭찬하기에 앞서, 다른 사람으로부터 칭찬을 받는 사람이 되도록 해야 한다.

고대 유대인 사회의 '예비바(학교)'에서는 1학년 생도는 '현자(賢者)', 2학년 생도는 '철학자(哲學者)', 그리고 최종 학년인 3학년이 되어서야 비로소 '학생(學生)'이라는 신분을 부여했다.

이것은 겸허하게 학문을 연구하며 배우는 위치에 있는 것이 가장 지위가 높으며, 학생의 위치에 올라서기 위해서는 몇 년이나 수업을 쌓아야만 올라설 수 있다고 생각했기 때문이다.

탈무드에는 자신의 박식함을 자랑하는 사람을 빗대어 다음과 같은 말이 있다.

"현인(賢人)이라고 하더라도 지식을 함부로 떠벌이는 자는 무지를 부끄러워하는 어리석은 자보다도 못하다."

나르시시즘에 빠지지 않으려면 오만한 마음에 빠지려는 마음을 스스로 깨닫고 개선하려는 노력이 필요하다.

영국의 나르시시즘 방지학회 창립자 데이비드 오웬(David Owen)은 나르시시즘에 대하여 다음과 같이 말했다.

"나르시시즘은 타인의 인정을 받고 싶은 잘못된 권력욕에서 비롯된 증상으로 일시적인 성격장애 현상이므로 스스로 겸허한 마음을 갖게 되면 호전될 수 있는 일종의 정신병이다."

학자들은 오만한 사람들의 몇 가지 특징을 지적했는데 우선, 자신에 대한 비판에 매우 민감하며, 대화를 할 때 자신의 말에 부정적인 반응을 참지 못한다. 또한 공감능력이 떨어지기 때문에 인간관계가 원만치 못하며 물리적으로 문제를 해결하려는 경향이 있다. 나르시시즘은 사업을 쉽게 성공시킨 사람이나 자신의 노력 없이 부를 차지한 사람에게서 흔히 찾아볼 수 있는 현상이라고 했다.

사람은
자기중심적 존재다

"탐욕에 눈이 멀면 옳고
그름을 판단할 수 없다."

　나의 잘못을 종종 다른 사람에게 용서를 구하고 용서를 받기도 한다. 그러나 다른 사람이 용서해 주더라도 자기 스스로 자신을 용서하기가 어려운 일이 있다. 그러한 자책감은 자신의 마음에 깊숙이 자리를 잡기 때문에 시간이 지난 후에 돌이켜보아도 그 일을 생각하면 아픔을 맛보게 된다. 아무도 모르는 사실이지만 스스로 자존심의 상처를 품고 있는 것이기 때문에 마음속의 그 상처는 좀처럼 낫지 않는다. 결국 그 잘못에 대한 최종적인 용서는 자기스스로의 마음가짐에 있는 것이다.

　루스 베네딕트는 제2차 세계대전 중에 〈국화와 칼〉이라는 책을 집필하였다. 그것은 일본인에 대하여 연구를 한 책인데, 내용 중에 일본인은 죄의식이 없는 대신에 수치의식을 지니고 있다고 기록하고 있다. 그 내용은 다음과 같다.

　「죄의식이 마음속에서 일어나는 개인의 문제라면, 수치는 주위의 평가에 의해 생겨난다. 수치와 자존심은 실은 같은 것이다. 일본인에게는 수치감이 있다. …(중략)」

　필자는 베네딕트의 연구에는 과장이 된 면이 있다고 생각한다. 일본인에게도 일찍이 무사들이 간직하고 있던 명예심에는 유대교도나 기독교도의 회개나 자기고백처럼 자기스스로 책임을 묻는 의식이 있었음을 많은 문헌을 통해서 엿볼 수 있다.

　인간은 자기에게 도움을 준 사람보다는 자기가 도움을 준 사람에게 더 강한 호의적인 마음을 지니고 있다. 여기에도 인간의 약함이 나타나 있다는 것을 알 수 있다. 누군가에게 도움을 받았다는 사실은 자존심에 상처를 받은 것이기 때문에 그 도움에 상응하는 답례를 하지 못하게 되면 그를 피하는 경향이 있다. 자기가 그 사람보다 못하다는 것을 인정하고 싶지 않은 것이다.

인간은 누구나 자기중심적인 사고를 갖고 있다. 이에 관한 재미있는 이야기가 있다.

1965년 11월 미국 동부는 큰 정전을 겪은 일이 있다. 뉴욕시 또한 한치 앞도 분간할 수 없는 암흑천지였다. 브루클린에 살고 있는 평범한 가정의 가장인 맥스가 마침 전구를 갈아끼우는 순간 정전이 되어, 온 세상이 깜깜하게 된 것이었다. 아내인 로지는 벌떡 일어나 창문으로 달려갔다. 창밖을 내다보니 뉴욕 시내는 온통 깜깜해서 간간히 지나가는 자동차 불빛 외에는 빛이라고는 보이지 않았다. 로지는 남편에게 소리쳤다.

"맥스, 이건 너무했잖아요. 뉴욕 전체가 정전이 되어 버렸어요. 도대체 당신은 무엇을 잘못 만진 거예요."

어리석은 일에서
교훈을 얻는다

동유럽의 체룸이라는 도시는 어느 곳에서나 흔히 찾아볼 수 있는 작은 도시다. 그러나 지형적으로 문제가 있는 도시였다.

체룸으로 들어가는 길은 지형이 높고 불규칙하게 이어진 곳에 위치하고 있어서 사람들이 발을 잘못 헛디뎌서 부상을 당하는 일 등이 종종 발생했다. 이것이 체룸에 거주하는 사람들로서는 매우 골치 아픈 문제였다. 한 번은 생선장수가 벼랑에서 떨어져서 부상을 당하였기 때문에 체룸 사람들은 생선을 먹을 수가 없었고, 또 한 번은 우편배달부가 벼랑에서 실족하는 바람에 우편물을 잃어버렸을 때에도 갖가지 소식이 두절되어서 큰 문제가 되었다. 이러한 문제가 자주 발생하는 가운데 정말 큰 일이 생긴 것이다. 그것은 우유배달부가 어린아이에게 먹일 우유를 벼랑에 쏟아버린 사건이 발생해서 어린아이들에게 우유를 먹일 수 없게 되자, 체룸의 시민들은 더 이상 참을 수가 없었다. 드디어 도시의 장로들이 모여서 이 문제에 대한 대책을 논의하게 되었다. 그들은 이런 일이 계속 일어난다면 도시는 제 기능을 못하기 때문에 대책이 있어야 한다며 서로 목소리를 높여서 말했다. 장로회의에서는 갖가지 의견이 쏟아져 나왔다. 엿새 동안 밤낮에 걸쳐 토론한 결과, 안식일 가까운 무렵이 되어서야 겨우 결론에 이르렀다. 그 결론은 다음과 같은 어리석은 것이었다.

"벼랑 아래에 병원을 만들기로 하자."

이 이야기는 어리석은 생각으로는 아무리 오랜 시간 의논을 해봤자 효과적인 대응책은 나오지 않는다는 것을 알려주고 있다. 벼랑 아래에다 병원을 만들어 봤자 또 생선장수며 우편배달부, 우유 배달부는 마찬가지의 실수를 거듭할 것이기 때문이다.

유대의 격언 중에는 어리석음을 소재로 한 것이 많다.

'어리석은 자는 한 시간에, 현자가 일 년 걸려서도 대답할 수 없을 만큼의 질문을 한다.'

'구세주가 찾아왔을 때, 병든 환자는 모두 고쳤다. 그러나 어리석은 자를 현명한 자로 만들 수는 없었다.'

'현명한 자는 어리석은 자로부터 교훈을 끌어낼 수가 있다. 그러나 어리석은 자가 현명한 자로부터 교훈을 끌어낼 수는 없다.'

'어리석은 자를 가르치는 일은, 구멍 뚫린 주전자에 물을 붓는 것과 다름없다.'

자신의 능력을
스스로 깨달아야 한다

"미래를 향하여 나아가라.
두려워하지 말고 늠름하게."

탈무드에는 다음과 같은 이야기가 기록되어 있다.

하느님이 처음 동물들을 만들었을 때, 새에게는 아직 날개가 없었다. 그래서 새는 하느님을 찾아가서 하소연을 했다.

"뱀은 독을 지니고 있습니다. 사자에게는 이빨이, 말에게는 말굽이 있습니다. 하지만 저에게는 아무것도 없습니다. 제가 각종 위험으로부터 스스로를 지키기 위해서는 어떻게 해야 합니까?"

하느님은 새의 호소에도 일리가 있다고 생각해서 날개를 주셨다. 날개를 얻은 새는 며칠 후에 또다시 하느님을 찾아와서 호소했다.

"저에게 달아주신 날개는 오히려 짐이 될 뿐입니다. 날개를 몸에 달고 있기 때문에 그 전보다도 빨리 달릴 수가 없습니다."

하느님은 새의 말을 들으신 후, 말씀하셨다.

"어리석은 새여, 너의 몸에 달려 있는 날개를 사용하는 방법을 생각해 보아라. 너에게 두 장의 날개를 준 것은 결코 무거운 짐을 지고 땅위를 걷게 하기 위해서가 아니다. 날개를 사용해서 하늘 높이 날아서, 공격하려는 적으로부터 피하라고 달아준 것이다."

새에 관한 이 이야기는 자신에게 주어진 능력을 활용하기 위해서는 머리를 사용하여 곰곰이 생각해 보라는 비유로 흔히 인용되고 있다.

사람은 자신의 능력이 남보다 부족하다고 종종 불평을 한다. 그러면서 자기에게 주어진 능력을 충분히 활용하지 않는다. 사람의 신체 중에서 제대로 활용하지 않고 있는 가장 대표적인 예가 머리다. 근대 의학에서도 사람은 뇌 세포의 능력에 비해서 일부분밖에 사용하지 않는다고 한다. 자기 스스로 가난하다고, 학력이 부족하다고, 줄이 없다고 한탄할 것은 없다. 그러나 사람들은 날개가 무거운 짐이라고 불평하는 새처럼 자신의 능력을 계발할 생각을 하지 않고 불평불만으로 가득 차 있다.

당신에게는 육체도 있고, 머리도 있다. 그리고 누구에게나 평등하게 주어진 시간도 있지 않은가.

우리는 종종 자신의 실패를 다른 사람의 탓으로 돌리기도 하며, 자기가 아무것도 가진 것이 없다고 핑계를 대며 자신의 무능과 실패에 대하여 위안을 삼는다. 하지만 그렇게 말하기 전에 자신이 가지고 있는 것을 점검해 볼 일이다. 자신에게 이미 존재하고 있는 능력을 사용하고 있는가, 사용하지 않는가에 따라 성공, 실패가 결정되는 수가 많다. 의욕·용기·자기를 규제하는 의지·인내력·투혼 등이 그러한 것이다. 이처럼 사람은 많은 무기를 가지고 있다. 그러나 그 무기를 갈고 닦아서 자기를 위해서 활용하느냐, 그렇지 않느냐 하는 것에 따라 인생이 달라진다.

쓸쓸한 마음으로 과거를 돌아보지 말라. 그것은 두 번 다시 오지 않을 테니까. 자신이 지닌 능력으로 현재를 이용하라. 그것을 할 사람은 그대다.

말이 많으면
쓸 만한 말이 적은 법이다

"조금밖에 모르는 인간이
수다스럽게 떠들어대는 것이다."

옛날 유대인 마을에 남에 대한 이야기를 하기 좋아하는 여자가 살고 있었다. 여자의 수다로 인해 마음이 상하고 곤란함을 견디다 못한 이웃 아낙네들이 랍비를 찾아가서 의논을 했다.

첫 번째 여자가 말했다.

"그 여자는 저를 보고 빵 대신 과자만 먹는다고 말한답니다. 저는 단지 과자를 좋아한다고 말했을 뿐인데, 매일같이 아침·점심·저녁을 빵은 먹지 않고 대신에 과자를 먹는다고 헛소문을 퍼뜨리는 거예요."

그러자 또 한 여자가 이렇게 호소했다.

"저 보고는 아침부터 목욕을 하며 남편이 출근한 다음에는 낮잠만 잔다고 터무니없는 흉을 본답니다."

또 한 여자는 말했다.

"그 수다쟁이 여편네는 저를 만날 적마다 "아휴, 마님은 참 예쁘기도 하지요."하고 말하지만, 다른 사람에게는 "나이에 어울리지 않게 젊게 꾸미고 다닌다."며 떠들어 대는 거예요."

랍비는 한 사람, 한 사람의 호소에 고개를 끄덕이며 신중하게 귀를 기울여서 들어주었다. 그리고 마을의 여자들이 돌아가자, 랍비는 사람을 보내어 수다쟁이 여자를 데리고 오도록 했다. 랍비는 자신의 앞에 선 수다쟁이 여인에게 물었다.

"당신은 어째서 이웃 사람들에 대한 여러 가지 나쁜 소문을 퍼뜨리고 다니는가?"

그 수다쟁이 여자는 웃으며 이렇게 대답했다.

"제가 없는 이야기를 꾸며서 한 적은 없습니다요. 굳이 말하자면, 저는 사실보다도 좀 과장해서 이야기하는 버릇이 있다고 할까요. 하지만 그것이 더 진실에 가까운 건지도 모른답니다. 다만 얘기를 좀 재미있게 했을 뿐이라고 생각해요. 저역시 제가 수다스러운 면이 있다는 것은 인정해요. 제 남편도 그렇게 말하거든요."

랍비는 한참 생각을 한 후, 방을 나가더니 커다란 가방을 가지고 되돌아왔다. 랍비는 여자를 보고 말했다.

"당신은 자기가 수다스럽다고 인정했어요. 그러므로 버릇을 고칠 수 있는 좋은 치료법을 생각해 보도록 합시다."라고 말하면서 커다란 가방을 그녀에게 건네주었다.

"이 가방을 가지고 광장으로 가십시오. 광장에 도착하거든 이 가방 안에 있는 것들을 길바닥에 늘어놓으면서 집으로 돌아가도록 해요. 그래서 집에 도착하면 길바닥에 늘어놓은 것을 다시 가방에 담으며 광장으로 다시 오도록 하세요."

여자가 가방을 받아 들었더니 가벼웠다. 도대체 이 안에 무엇이 들어 있을까 궁금해 하며 수다쟁이 여자는 급히 광장으로 갔다. 가방을 열어 보았더니 안에는 새의 깃털이 가득 들어 있었다. 맑은 가을날에 미풍이 산들산들 불고 있었다. 그녀는 랍비가 일러준 대로 깃털을 꺼내어 길바닥에 늘어놓으며 집으로 갔다. 집에 도착하니 가방 안은 깃털이 남아 있지 않았다. 수다쟁이 여자는 이번에는 빈 가방을 가지고 길바닥에 늘어놓은 깃털을 주워 담으며 광장으로 가려고 했다. 그러나 깃털은 바람을 타고 여기저기 날아다녔다. 그녀는 깃털을 모으려 했으나 몇 개 밖에 주어 담을 수가 없었다. 그녀는 랍비에게 새의 깃털을 최대한 가방에 담으려 했지만 담을 수 없었다고 고백했다.

"그럴 테지요."하면서 랍비가 다음과 같이 말했다.

"말이란 것은 저 가방 속의 깃털과 같은 것이에요. 한 번 입 밖으로 나와 버리면 다시 주워 담을 수가 없지요."

유대인의 뒷공론에 관한 격언을 살펴보자.

'수다스러움은 손버릇이 나쁜 것보다 더 곤란하다.'

'유령을 만났을 때 달아나듯이 뒷공론에게 덜미를 안 잡히 도록 달아나라.'

'뒷공론을 하는 자가 없어지면 다툼의 불씨는 꺼진다.'

'미담(美談)도 전해지는 도중에 악담(惡談)이 된다.'

'눈으로 보지 못한 것을 입으로 찾지 마라.'

말하는 것의
두 배는 듣도록 하라

"말하는 자는 씨를 뿌리고,
듣는 자는 수확한다."

'어째서 하느님은 두 개의 귀를 만들고, 입은 하나밖에 만들지 않았을까? 그것은 말하는 것의 두 배는 듣도록 하라는 하느님의 가르침이다.'

인간이 다른 동물과 확실하게 구분되는 것 중 하나는 언어를 사용하여 타인과 소통한다는 것이다. 하지만 언어활동에서 말하기보다 듣기 활동이 더욱 중요하다. 잘 들음으로써 상대방이 전하고자 하는 뜻을 올바로 이해할 수 있고, 정서적으로도 공감할 수 있는 것이다.

탈무드에는 입의 가벼움에 대하여 주의를 기울이는 격언을 기록을 통해 전하고 있다.

'행복하게 살려고 생각한다면, 코로 신선한 공기를 가득 들이마시고, 입은 다물고 있도록 하라.'

현명한 사람이라면, 가볍게 미소 지을 정도의 장면을 보고, 어리석은 자는 소리 내어 웃는다.'

이 외에도 탈무드에는 '입은 화(禍)의 근원이 될 수도 있다'는 것을 강조하고 있다.

누구라도 자기 인생을 되돌아본다면 입을 다물고 비밀을 지키고 있었던 것을 후회하는 일보다는 말을 해버린 것을 후회하는 일이 많을 것이다. 자기 혀는 결국 자신이 통제할 일이다. 입에서 나오는 말을 스스로 엄격하게 조절할 수 있다면 인생에 있어 커다란 이익이라고 할 수 있다.

'침묵은 금이요. 웅변은 은이다.'라고 하는 것은 그와 같은 뜻에서다.

물론 필요한 때에는 논리적으로 자기주장을 하고 자기 의사를 표시해야 한다. 그러나 말을 하는 것보다는 침묵을 배우는 편이 훨씬 더 어렵다.

사람은 누구나 자기가 알고 있는 것을 다른 사람에게 알려주고 싶다는 본능을 지니고 있다. 그러므로 말이 많은 사람은 자기도 모르게 다른 사람의 말하고 싶은 욕구를 차단하는 결과를 초래하고 있는 것이다. 그 결과, 상대방은 말할 기회를 얻지 못하여 섭섭한 마음에 말이 많은 당신에 대하여 마음의 문을 닫는다. 그러면 당신은 그에게서 앞으로 어떠한 협조도 얻어 내지 못하게 될 것이다. 흔히 입은 칼에 비유된다. 조심해서 다루지 않으면 사람을 다치게 할 뿐 아니라, 자기 자신도 다치게 한다.

훌륭한 무사는 정말로 필요한 때가 아니면 칼을 빼지 않는다. 말의 실수는 정말 순식간이다. 눈이나 귀는 우리 마음대로 보고 싶은 것, 듣고 싶은 것만을 보고 들을 수가 없다. 그러나 침묵은, 자기 스스로 노력한다면 훈련이 가능한 것이다. 사람은 지나치게 술을 마시거나 음식을 먹는 것은 주의를 하지만, 말이 많은 것에는 그다지 주의를 하지 않는다. 그 결과는 모두 마찬가지로 위험한 일이다.

자신의 공로를
스스로 내보이지 말라

"성한 곳은 놔두고 상처 부위만 노리는 파리떼처럼,
악한 사람은 다른 사람의 장점은 무시한 채
단점만 찾으려고 혈안이 된다."

정말로 현명한 사람은, 어떤 사람을 만나더라도 그 사람은 무언가 자기보다 뛰어난 것을 가지고 있다고 생각하는 사람이다. 만일 그가 자기보다 나이가 많으면 그 사람이 나보다 뛰어나다고 생각한다. 왜냐하면 그는 나보다 많은 시간을 살아왔기 때문에 선행을 쌓을 기회가 많았을 것이라고 생각하기 때문이다.

만일 그가 나보다 젊다고 하면 잘못이 자신보다 적을 것이라고 생각해서 존중한다. 풍족한 생활을 하고 있는 사람을 만나면 자신보다도 더 많이 자선을 베풀어 왔다고 생각한다. 그리고 자신보다 가난하다면 그는 자신보다도 훨씬 더 괴로워했을 시간이 많았을 것이기에 마음이 깊을 것이라고 생각한다. 나보다 현명하다면 그의 지식에 대해서 경의를 표한다.

탈무드는 다음과 같은 가르침을 주고 있다.
'자기의 나쁜 일을 감추는 것과 마찬가지로 자기의 장점이나 공적을 감추도록 노력하라.'

의식적인 행동으로 겸허함을 내보여서 다른 사람을 감동시키려 한다면 그만큼 상스러운 것은 없다. 진정으로 겸허함이란 계산되지 않고 자연스럽게 우러나오는 것이어야 한다. 지성이라는 산꼭대기에는 겸허함이라는 아름다운 눈으로 덮여 있다.

탈무드에는 '알이 많이 달린 포도송이는 처진다. 빈약한 포도송이는 높은 데 매달려 있다. 훌륭한 사람일수록 낮은 데로 내려온다.'고 쓰여 있다. 또한 '물은 높은 데서 낮은 곳으로 흐른다. 괴어 있는 물은 썩지만, 높은 곳에서 낮은 곳으로 흐르는 물은 항상 맑고 아름답다.'는 내용도 있다.

금욕도 과욕도
경계하라

"인생의 낙은 과욕보다 절욕에서 찾아야 한다.
올바른 마음을 가지고 욕심을 제어하면
그 속에 낙이 있으며 봉변을 면하게 된다."

　물질적으로 풍족하게 되는 일은 바람직한 일이다. 물질적으로 풍족해지면 보다 건강한 생활을 보낼 수 있을 뿐 아니라 높은 교육을 받을 수가 있고, 여가 시간이 늘어남으로써 그만큼 자기 계발에 시간을 쓸 여유가 있다. 한 마디로 말해서 인생에 있어서 폭넓은 선택을 할 수 있는 것이다. 따라서 물질적으로 풍족한 것은 좋은 일이다.

　반면 물질을 만능이라 생각하는 것은 올바른 태도가 아니다. 모두가 가난하고 물자가 궁핍했던 시대에는 물건을 소중히 여겨 검약하지 않으면 심각한 궁핍현상이 발생하기 때문에 계획성이 없는 소비를 경계했다. 그것은 산에서 조난당한 사람이 구조대가 도착할 때까지 갖고 있는 식량을 아주 조금씩 아껴서 먹지 않으면 목숨을 유지할 수 없는 것과 같다. 따라서 빈곤한 시대에는 검약은 미덕이었다.

유대인은 금욕적이 아니었기에 항상 물건을 생활의 유용한 도구로써 다루어 왔다. 그들은 자신이 소유한 재물의 절반은 하늘에 속해 있다는 사실을 잊지 않았다. 이처럼 절반은 하늘에 속하고, 절반은 땅에 속하고 있다는 유대인의 생각은 그들의 부에 대한 균형 감각을 표현하고 있다.

물건을 지나치게 많이 가지면 오히려 불편한 일도 있다. 너무 많은 일을 하면, 시간을 모두 일에 빼앗겨 버리는 것과 마찬가지로 물건을 너무 많이 소유하고 있으면 자기의 시간을 물건에 빼앗기는 결과를 가져온다.

자동차, 텔레비전, 스테레오, 무비 카메라, 스마트 폰 등의 물건들은 실제로 사용하지 않으면 아무런 의미가 없는 것들이다. 그러나 그것을 사용하기 위해서는 그 물건들을 각각 특성에 맞게 시간을 내어서 상대하지 않으면 안 된다. 그 결과로 사람과 접하는 시간이 짧아진다. 이를테면, 사람과 교류하는 대신에 TV를 보며 시간을 보내는 등의 일이다. 예전에는 직접 만나야 해결할 수 있는 일도 현대사회에서는 스마트 폰을 이용하여 서로 영상통화를 통하여 이야기를 나눈다. 꼭 서로 만나 이야기를 나눌 필요가 없어진 것이다. 두 사람이 영화 관람을 하면 영화를 보는 동안에는 대화를 나누지 않는다.

관리해야할 물건이 많아지고 생활이 풍요로워 지면, 가난했던 시절보다 가족끼리의 대화나 친구끼리의 우정을 나누는 시간이 줄어들기 마련이다.

우리는 물질을 소비하고 있는 것으로 여기고 있지만, 자신도 모르는 사이에 물질에 의해 우리가 소모될 우려가 있다.

물건은 각각의 특성과 용도에 맞도록 사용하는 것이 바람직하다. 자기도 모르는 사이에 사람이 물건의 지배를 받게 되는 것은 경계해야 한다.

인생에 특별히 정해진
레일은 없다

"인생은 자전거를 타는 것과 같다.
균형을 잡으려면 움직여야 한다."

오늘날 젊은이들의 일반적인 꿈은, 시원하게 뻗은 레일 위를 달리는 기차처럼, 혹은 다리를 이용하여 계단을 힘들게 오르지 않아도 편하게 올라가는 에스컬레이터처럼 평탄한 일생을 보내기를 기대한다. 이러한 생각을 가진 사람들에게는 화려하고 안정된 생활이 무엇보다 중요할 것이다. 그리하여 좋은 집, 고급자동차 같은 것으로 상징되는 화려한 생활을 꿈꾼다. 하지만 현실은 늘 힘들기만 하고 꿈은 보이지도 않을 만큼 멀리 있다.

그것은 당연한 결과이다. 예를 들어 산길을 갈 때에 많은 사람들이 밟고 지나갔기 때문에 평평하게 다져진 길을 걸어서는 결코 귀한 보물을 찾을 수가 없다. 앞서 지나간 사람들이 이미 다 가져갔기 때문에 자신이 원하는 것이 그 곳에 있을 확률은 거의 없다. 따라서 자신이 원하는 것을 쟁취하기 위해서는 그에 따르는 모험과 도전이 반드시 필요하다.

유대인에게는 '후츠파 정신'이 있다. 후츠파 정신은 실용적인 사고방식이다. 오늘날 유대인이 세계 제일의 벤처문화의 성장배경에는 후츠파 정신이 있다.

후츠파 정신은 모든 정형화된 형식과 격식을 파괴하며, 지위나 형식에 구애 받지 않고 자유롭게 생각하고, 행동한다. 이러한 행동은 도전하는 자세에서 나온다. 자신의 의견을 솔직하게 표현하고 전달하여 새로운 가치를 창조하는 것이다

유대인은 수평적인 관계 속에서 질문하고 답하는 것이 어릴 때부터 습관화되어 있다. 하브루타 교육을 받았기 때문이다. 유대인은 의문이 생기거나 이해가 안 되면 누구에게나 주저하지 않고 질문한다. 기존의 고정된 생각에서는 창의적인 생각이 나올 수 없다. 하지만 각자의 생각들을 자유롭게 나누다보면 전혀 새로운 아이디어가 나올 수 있다. 그들은 질문과 답을 통해 새로운 창의적인 생각들을 산출해 낸다. 그 외에도

유대인은 새로운 환경에 적응할 준비가 항상 준비되어 있다. 또한 도전하고 그에 따른 위험에 대처하는 능력 또한 다른 민족에 비해 탁월하다. 그리고 무엇보다도 그들은 실패를 두려워하지 않는다.

실패에서 교훈과 경험을 체득하는 것이 그들은 가장 큰 배움이라고 생각한다. 실패가 두려워서 도전하지 않는다면 어떤 결과도 만들어낼 수 없다. 실패에서 얻은 교훈과 경험을 바탕으로 다시 도전하는 것이 유대인의 후츠파 정신이다.

영국의 석학 버트란드 러셀은 일생 동안 75권의 저서를 남겼다. 자서전에서 그는 성공한 이유로 불타는 야망이 있었기 때문이라고 말하고 있다.

야망이 없는 사람, 야망이 없는 조직은 탄탄한 미래가 보장되지 않는다. 자신만의 꿈을 가진 사람은 항상 꿈을 향해 정진하고 있기 때문에 역경에 굴복할 시간이 없다. 반드시 넘어야 할 당연한 과정으로 받아들이는 것이다. 자신의 삶을 소극적으로 타성적으로 보내는 사람은 결국에는 사회의 그늘진 곳으로 내몰리게 되며 성장할 수 없다.

그러므로 어떤 문제라도 과감하게 도전하는 정신이 필요하다. 그것이 성장하는 사람의 삶의 방식이다. 도전에 실패했을

지라도 그 실패로부터 체득한 지혜를 다음 단계에 활용하고 항상 진보해야 한다. 젊은 사람이라면 젊은 사람답게 사회적으로 이미 정해진 레일을 거부할 수 있는 야망이 필요하다.

사람과 사람은
서로 영향을 주고받는다

"바보도 칭찬해보라.
그러면 쓸모있게 된다."

　대부분의 사람은 사회생활을 하며 일정집단 속의 일원으로 살아간다. 최소의 단위는 부부간의 관계이며, 나아가 가족, 이웃, 사회 등으로 확대되어 간다. 그러나 자기애가 강해서 협업이 중요한 조직사회에서 자기중심적인 사고를 한다면 다른 사람의 반감을 사게 된다는 것은 상식적으로 생각할 수 있는 일이다.

　사람이 자기스스로 애착을 갖는 것은 기본적인 본성이므로 어느 정도 범위 안에서는 장려할 수도 있다. 게다가 자기애는 자기를 소중히 하는 것이기 때문에 스스로를 아끼는 마음에서 자존심·자립심·향상심이 향상되기도 한다.

세상은 어디까지나 자기가 중심이다. 그러므로 누구나 자기가 중심이 되어 더 나은 세상을 만들어 갈 책임이 있다. 세계는 자기로부터 출발하고 있다. 따라서 적당한 자기애는 바람직한 현상이다. 사람은 '나'라고 말할 수 있는 유일한 동물이다. 그러나 자기를 사랑하는 일에 지나치게 빠지게 되면 주위 사람의 반감으로 인하여 궁지에 몰리는 순간에 맞닥뜨리게 되고 결국, 위기에 빠진 자기 자신을 지키는데 에너지를 소비하게 된다.

우리는 종종 사랑을 하면 눈이 먼다는 소리를 듣기도 하고, 직접 겪기도 한다. 이렇듯 지나치게 자기애에 빠져 버리면 다른 사람의 입장은 생각하지 못할 수도 있다. 자기중심적 현상은 어린아이를 보면 잘 알 수 있다. 어린아이는 주위의 시선에 신경 쓰지 않고 자기만을 소중히 한다. 그러다가 차츰 성장함에 따라 타인을 위해 자기를 어느 정도 양보하지 않으면 안 된다는 것을 깨우쳐 가는 것이다.

자기애는 사람의 강한 일면이기도 하고 또한 약한 면이기도 하다. 칭찬을 받으면 기뻐하고 비난에 괴로워하기도 한다. 어떠한 인격자라도 다른 사람들로부터 인정받고 싶은 것은 사람의 일반적인 본능이다. 그러므로 다른 사람을 자신의 뜻대로 움직이게 하려면 그 사람의 자기애에 호소하는 것이 효과적이다. 그러므로 사회생활에서 상대방을 존중해주는 것은 상대의 마음을 얻는 가장 편리하고 손쉬운 방법이다.

탈무드는 칭찬의 정도를 가르치고 있다.

'남을 칭찬할 때 어리석은 자에게는 많이 칭찬하고, 현명한 자에게는 과하지 않게 칭찬할 일이다. 이것은 의사가 환자에게 약을 투약하는 경우와 정반대이다. 의사는 강한 사람에게는 강한 약을 조제하고 약한 사람에게는 약한 약을 주지만, 남을 칭찬할 때에는 지적으로 강한 자에게는 약하게, 지적으로 약한 자에게는 강하게 말해야 한다.'

우리는 사람이 죽으면 고인을 애도하기 위하여 모든 찬사를 아끼지 않는다. 왜냐하면 죽은 자는 이미 자신의 경쟁상대가 아니기 때문이다. 그 사람의 삶이 실패한 일생이라고 할지라도, 그의 죽음 앞에서는 그의 좋은 면만을 생각하며 고인을 기린다. 또 우리는 노인과 어린이에 대해서는 가능하면 부드럽게 대한다. 왜냐하면 노인은 과거에 속하며, 어린이는 미래에 속해 있기 때문이다.

우리들은 현재의 경쟁 상대에 대해서 호감을 갖고 친절을 베푸는 일은 드물다. 성공이라는 위치에 접근할수록 시기하는 사람을 자주 보게 되는 것은 이와 같은 까닭에서이다. 탈무드는 경쟁상대에 대해서도 배려를 하는 사람이 되어야 한다고 가르치고 있다.

기도는 자신을
저울에 달아보는 일이다

유대인의 사고방식에 따르면, 사람은 신에게 복종해야 하
지만, 동시에 신에게서 독립된 존재라고 여기고 있다. 그러므
로 하느님과 인간은 계약을 맺을 수가 있었던 것이다. 유대인
은 시나이 반도에서 하느님과 계약을 맺었다.

유대인은 신에게 결코 맹종만 해야 한다고는 생각지 않는
다. 유대인의 삶의 지침서인 〈탈무드〉에는 '이성은 신과 사람
사이의 중개자'라고 말하고 있다. 권위에 대해서 맹종하는 것
은 유대인이 가장 꺼리는 일이다.

히브리어로 '기도한다.'는 말은 '부탁드린다.' 또는 '도움을

248

청한다.'는 의미를 지니고 있다. 그러므로 남의 힘으로 소원을 이루겠다는 뜻이 되기 쉽다.

탈무드에는 '스스로 할 수 있는 일은 하느님께 기도하지 말라. 하지만 스스로 겸허해지기 위해서 기도를 올리는 행위는 바른 행동이다.'고 가르침을 준다.

이렇듯 언제나 겸허한 마음가짐을 지니는 것은 무엇보다 중요하다.

유대인이 생각하고 있는 기도의 의미는 히브리어로 '히트파렐'이라고 한다. 그 뜻은 '스스로를 평가한다.' 혹은 '자기를 달아본다.'는 의미이다. 신의 기대에 얼마만큼 부응했는지를 스스로 시험해 본다는 의미를 가지고 있다. 이와 같이 유대인은 하느님에게 기도를 할 때, 소원을 이루어 달라고 기도하지 않는다. 그들은 자기의 행위가 얼마만큼 옳았는지, 얼마만큼 세상에 유익함이 되었는지를 스스로 평가해 보는 것이다.

사람은 하느님에게 또는 자신이 믿고 있는 신에게 기도하는 유일한 존재다. 그러나 자기가 구하고 있는 것, 갈망하고 있는 것을 신에게 고했다고 해서 그것이 모두 기도가 되는 것은 아니다. 그것은 자신의 욕망에 신이라는 이름의 향수를 뿌린 것에 불과할 뿐이다.

'자기 스스로도 경의를 표하고 싶은 자기'를 만들어야 비로소 신은 만족한다고 유대인은 생각하고 있다. 기도는 자기 스스로를 저울에 달아보는 일이다.

유대인에게서 기도가 없다면 그는 이미 유대인이 아니다. 유대인의 기도는 삶이다.

"기도는 음악처럼 신성하고 구원이 된다. 기도는 신뢰이며 확인이다. 진정 기도하는 자는 원하지 않는다. 단지 자기의 경우와 고뇌를 말할 뿐이다."

유대인들은 기도를 올릴 때, 큰 보자기를 머리에서 어깨까지 두른다. 그 보자기 네 귀퉁이 끝에는 술이 달려있는데, 히브리어로 '찌찌트'라고 하며, 이 술이 달린 보자기를 '탈릿(기도보)'이라고 한다. 유대인들은 반드시 탈릿을 두르고 기도를 올리는데, 그것은 기도에 집중할 수 있고, 기도하는 사람을 외부와 차단시킨다는 뜻이 있다.

유대인은 성인식 일주일 전에 찌찌트(술)를 달지 않은 탈릿(기도보)을 아들에게 선물하여 사용법을 가르치는데, 성인식 날 찌찌트를 단 탈릿을 처음으로 사용한다. 비로소 독립적으로 기도를 통하여 하느님과 이야기할 수 있게 된 것이다.

찌찌트는 평상복에도 다는데 세계 여러 나라의 거리에서 만나는 유대인들에게서 쉽게 볼 수 있다. 찌찌트를 달게 된 이유는, (민수기 15: 37-41)에서 찾아볼 수 있다.

37) 여호와께서 모세에게 말씀하여 이르시되,

38) 이스라엘 자손에게 명령하여 대대로 그들의 옷단 귀에 술을 만들고 청색 끈을 그 귀의 술을 더하라

39) 이 술은 너희가 보고 여호와의 모든 계명을 기억하여 준행하고 너희를 방종하게 하는 자신의 마음과 눈의 욕심을 따라 음행하지 않게 하기 위함이라

40) 그리하여 너희가 내 모든 계명을 기억하고 행하면 너희의 하느님 앞에 거룩하리라

41) 나는 여호와 너희 하느님이라 나는 너희의 하느님이 되려고 너희를 애굽 땅에서 인도해 내었느니라 나는 여호와 너희의 하느님이니라

유대인은 이 말씀에 대한 순종의 의미로 찌찌트를 사용한다.

유대인은 사람에게 약한 면이 있다는 것을 알고 있었으며, 약한 면을 적당히 나타내는 것을 금하지는 않았다. 유대교에는 기독교와 같은 '원죄' 의식은 없다.

유대교에서는 죄를 두 종류로 나누고 있다.

그것은 하느님에 대한 죄와 인간에 대한 죄이다. 하느님에

대한 죄는 랍비의 중개를 거치지 않고 직접 하느님 앞에 회개하고 용서를 빈다. 또 사람에 대한 죄는 죄를 범한 상대방에게 직접 용서를 구한다.

유대교의 대 축제일인 '욤 키풀(속죄의 날)'에는 모든 유대인은 단식을 하며 종일 참회하는 기도를 올린다. 이날 사람들은 시나고그(교회당)에 모여서 세 사람의 장로가 읽는 〈토라〉를 듣는다. 죄는 56종류로 나뉘어져 있는데, 대표가 "하느님이여, 우리를 용서하소서."하고 용서를 비는데, 이때 절대로 개인적으로 "나를 용서하소서."하지 않는다. 그들은 "우리의 죄를 용서해 주소서." 하며 기도를 올린다.

유대인은 서로의 죄를 함께 책임진다는 생각을 지니고 있기 때문이다. 또 인류의 죄에 대한 책임을 분담한다는 뜻도 담겨져 있다.

Chapter 06

**친구와
이웃을
소중히 하라**

Today is
yours to
shape
create a
masterpiece

약한 갈대라도
글을 쓰는 펜이 된다

"유연한 생각을 하는 사람이
결국 살아남는다."

유연해지는 것은 아주 중요한 일이다. 하느님은 흙이라는 재료로 사람을 만들었으나 한 사람 한 사람이 제각기 얼굴도, 생각도, 품성도 다르게 만드셨다. 그러므로 저마다 다른 사람들과 어울리기 위해서는 유연성을 지니지 않으면 안 된다. 자기 혼자서만 세상을 살아갈 수 없기 때문이다.

사람들이 어느 집회나 단체에 가입하는 이유는, 타인을 탓하고, 무엇을 요구하며 자신이 원하는 것을 얻기 위해 참석하는 것이 아니다. 웃고 즐기고 새로운 환경에서 좋은 사람들을 만나기 위해 참석하는 것이다.

새로운 환경에서 인간관계를 형성하고, 그 곳에서 자신의 긍정적인 사회성을 표현하며 공감을 얻게 되면 그 곳에서 자신의 삶을 변화시킬 인생의 동반자를 만날 수도 있다.

유대교의 랍비들은 육체를 설명하면서 뼈 주위에 살이 있는 것은 소중한 뼈를 지키기 위해서이며, 해파리처럼 살만 있어도 안 되고, 또 돌처럼 뼈만 있어도 안 된다고 가르친다.

랍비 얀켈은 이렇게 말했다.

"언제나 갈대처럼 휘어져라. 삼목(杉木)처럼 뻣뻣하게 높게 솟기만 해서는 안 된다. 왜냐하면 그것은 큰 바람이 불면 견디지 못하고 쓰러질 수 있기 때문이다."

갈대는 어느 쪽으로 바람이 불어도 바람에 따라 흔들리다가 다시 제 자리로 돌아온다. 바람이 없으면 제자리에 그대로 서 있을 수 있다. 환경에 유연하게 대처하기 때문이다. 갈대는 무엇이 되는가?

갈대는 글을 쓰는 유용한 펜이 된다.

그러나 삼목은 어떤가?

만일 북서쪽으로부터 강한 바람이 불면 쓰러져 버리고, 남서쪽으로부터 바람이 불어도 쓰러져 버린다. 결국 바람이 멎었더라도 나무는 이미 쓰러져 있다. 최후에는 삼목은 아궁이로 들어가서 땔감이 된다.

갈대는 유연한 생활을 했기 때문에 좋은 여생을 약속받았으며, 삼목은 경직된 생활을 했기 때문에 좋지 않은 결과를 얻은 것이다.

문제없는
인생은 없다

어떤 사람이 곁눈질도 하지 않고 걸음을 재촉해서 길을 가고 있었다. 랍비가 그 사람을 불러 세워서 물어보았다.

"어디를 그렇게 서둘러 가고 있습니까?"

랍비의 물음에 길을 가던 사람이 말했다.

"생활을 쫓아가고 있습니다."

랍비는 안타까운 마음으로 그 사람에게 말했다.

"당신은 생활을 쫓아 그렇게 허덕이며 급히 가고 있군요. 그러나 실제로는 당신 뒤를 생활이 쫓고 있는 것은 아닐까요?

당신은 생활이 쫓아오도록 가만히 기다리기만 하면 되는 겁니다. 그런데도 당신은 자꾸만 달아나려고 합니다."

일에 열중한 나머지 본래의 인간다운 생활에서 멀어져 버리는 사람들이 많다. 바쁘다는 것은 얼핏 보기에 근면한 것처럼 여겨지나 그렇지 못한 경우가 많다. 때로는 일손을 멈추고, 도대체 나는 왜 태어났는지, 어떤 사명이 주어져 있지는 않은지, 인생의 목표는 무엇인지를 생각해 볼 필요가 있다. 그러한 기본적인 것을 생각하는 일은 비록 답이 나오지 않는다고 하더라도 사람에게 깊이를 더해 준다.

우리는 늘 잔잔한 바다처럼 평안하고 순조로운 삶이 마치 행복한 삶인 양 아무런 문제없이 삶이 이어지기를 기도한다. 그러나 막상 그러한 단조로운 삶이 끝없이 이어진다면 이러한 삶이 진정 행복한 삶일까를 생각해 보는 성찰의 시간이 반드시 필요하다. 인생의 목표나 계획이 없이 단조로운 삶이 계속된다면 게을러지고 나태해져서 가벼운 유혹에도 중심을 잡지 못하고 쉽게 타락하지는 않을지 염려된다. 문제없는 삶을 원하면서 문제를 일으킬만한 행동을 하기 쉬운 것이다. 문제없는 인생은 없다.

현대를 '노 하우(Know how)'의 시대라고 말한다. 여러 가지 문제가 있다고 할 때 그것을 어떻게 하면 해결할 수 있는지 고민을 한 후 그 문제에 대한 해결방법을 터득하는 것이 노 하우 (Know how)이다.

그러나 현대인은 노 하우(Know how)에 열중한 나머지 '노 우 홧(Know what)'을 잊어버리고 말았다. '노우 홧(Know what)'이란 사물의 본질을 알려는 노력을 말한다. 그리고 '노 우 홧(Know what)'에 대하여 생각하지 않는다면 인생의 목표를 알 수 없다. 편법(便法)만 생각하느라 정신이 팔려 있다가는 정작 주위의 사람들이 자신에게 호소하는 무엇인가를 외면하는 결과를 초래할 수 있다. 그러므로 '노우 홧(Know what)'을 생각하는 사람은 자신의 주위를 점검하고 조율하는 신중함을 지니게 된다.

자신을 해방시키는 날이
진정한 휴일이다

"휴일이 인간에게 주어진 것이지
인간이 휴일에게 주어진 것은 아니다."

유대인의 생활 중, 가장 큰 특징의 하나로 들 수 있는 것은 '새버드(안식일)'이다.

일주일이 칠일로 되어 있는 것은 누구나 다 알고 있다. 그러나 일주일이 칠일로 된 연유와 그 가운데 하루가 휴일로 된 이유가 〈토라〉에서 유래한다는 사실은 그다지 알려져 있지 않다.

〈성경〉의 창세기 편에 의하면 하느님은 엿새 동안 세상을 창조하시고 이렛날에는 모든 일에서 손을 놓고 쉬셨다고 기록하고 있다.

일반적으로 일주일은 월요일부터 시작된다고 생각하기 쉬우나 근원을 따지자면 안식일로 끝이 나게 되어 있다. 그렇게 해서 칠일 째에는 휴일이 되었다. '홀리데이(holiday)'는 원래 '성스러운 날'이라는 의미다.

〈성서〉의 '출애굽기' 편에는 '안식일을 기억하여 거룩하게 지켜라. 엿새 동안 힘써 네 모든 생업에 종사하고 이렛날은 너희 하느님 야훼 앞에서 쉬어라. 그 날 너희는 어떤 생업에도 종사하지 못한다. (출애굽기 20 - 8, 9, 10)고 명하고 있다.

유대인은 성경의 이 말씀을 지켜왔다. 이것이 유대인에게 커다란 힘이 되어 왔다. '새버드' 혹은 '샤바트'라고도 불리는 안식일은, 금요일의 해질 때부터 토요일의 해지기 직전까지만 하루 동안 계속된다. 이스라엘에서는 이 시간이 휴일로 되어 있다. 유대인에게는 안식일에 일하는 것은 금기시되어 있다. 이 시간 중에는 사업에 관한 이야기를 해도 안 되며 또 일에 관해서 생각을 해서도 안 된다. 일에 관한 책을 읽어서도 안 되고, 또 일과 관련된 계산 같은 것을 해서도 안 된다. 심지어는 요리를 하는 것조차 금지되어 있을 정도이다. 그래서 금요일 해지기 전에 만들어 놓은 요리를 불을 지핀 스토브 위에 얹어 놓는다. 불을 붙이는 행위도 금하고 있다. 그래서 담배를 피우는 유대인은 견디기 어려운 날일수도 있다. 물론 그 전날부터 담배에 불을 붙여둔 것이라면 상관이 없으나, 유감스럽게도 그렇게 긴 담배란 세상에 존재하지 않는다. 자동차를 운전해서도 안 된다. 그래서 친구의 집을 찾는 데에도 걸어서 가야만 한다. 하지만 급한 사정 때문에 부득이한 경우에 놓인 사람은 이 금지 조항을 어기더라도 용서받는다. 실제로 그러한 일에 종사하는 사람도 있다. 유대인의 안식일에 그들을 상대로 이동하는 것을 돕는다. 즉 유대인 전문 대리기사인 셈이다.

안식일은 신성한 날이다. 그리고 진정한 휴일이다. 여자들은 안식일이 시작되기 전에 집안을 청소하며, 이 날을 대비한 음식을 만들기 위해 바쁜 시간을 보낸다. 이것은 전통을 소중히 여기는 유대인의 가정이라면 매주 있는 일이며, 아주 즐거운 행사이다. 그러므로 새버드가 가까워지면, 유대인의 집은 깨끗하게 청소되어 집안 전체가 청결하고 반짝거리는 것처럼 보인다. 금요일 저녁의 식사는 일주일 중에서 가장 정성을 들인 것이다.

유대인들은 우선 안식일이 시작되기 전에 목욕을 한다. 안식일을 위해 특별히 몸을 청결하게 하는 것이다. 그리고 가장 좋은 옷을 입고, 가족이 모두 시나고그(예배당)로 간다. 집으로 돌아오면 식탁 위에 촛불을 켜고, 온 가족이 식탁으로 모인다. 특별히 와인도 곁들여진다. 남편은 아내가 얼마나 아름다운가를 칭찬하는 말을 성경에서 찾아 읽는다. 그리고 다음 날부터 시작되는 일주일이 보다 보람된 나날이 되기를 기도한다. 그리고서 가족들은 안식일을 칭송하는 노래를 부른다.

유대인은 진정한 휴식의 의미를 알고 있다. 그들의 휴식에는 화기애애한 가족들의 대화가 각 가정에서 이루어지고 있다. 안식일에는 일을 해서는 안 되므로 일을 제외한 여러 가지 이야기를 서로 나눈다. 아버지는 또 아이들의 공부를 지도해 주기도 하고, 학교에서 어떠한 것을 배우고 있는지 아이들에게 질문하기도 한다. 부모와 아이들의 대화의 날이기도 하다.

일은 유익하며 신성한 것이다. 그러나 일에 혹사당하면 인간다움을 잃어버릴 수가 있다. 새버드 날에는 친구의 집을 서로 방문해서 주로 서로의 인생관이나 인간성, 혹은 예술에 관해서 이야기를 한다. 그야말로 일에서 해방되는 것이다.

탈무드에는 '휴일은 인간에게 주어진 것이며, 인간이 휴일에게 주어진 것이 아니다.'라고 기록되어 있다.

휴일에도 일 때문에 괴로워하는 사람들, 일감을 집으로 가져와서 휴일에도 서류와 씨름을 하는 사람들은 불행하다. 휴일은 말 그대로 모든 걱정과 일을 떠나 편히 쉬는 날이다.

유대인 중에는 알코올 중독이나 가정불화 등 불행한 일을 겪는 사람이나 가정은 매우 드물다. 이것은 다른 나라와 비교를 한 통계를 보아도 알 수 있는 일이다. 그것은 새버드가 있기 때문이라고 생각한다. 유대인은 인생을 풍요롭게 살아갈 수 있는 훌륭한 기술인 쉬는 방법을 알고 있는 것이다. 일주일 가운데 하루가 완전히 긴장에서 해방되는 것은 얼마나 멋진 일인가.

'휴일은 아무것도 하지 않는다는 의미가 아니다. 이 날은 사람의 모습을 되찾는'성스러운 날'인 것이다.

미국의 사업가 J. 퍼드슨 씨는 휴일에는 꼭 등산을 한다. 자연과 접하면서 온전히 자기를 바라본다. 그의 말에 따르면, 신문을 보지 않는 것만큼 즐거운 일은 없다고 한다. 신문은 나무를 으깨어서 펄프로 해서 만들어지는데 "그토록 아름다운 나무로 이처럼 추한 신문을 만들어 내다니 사람은 죄가 많다." 라고 말한다. 일주일에 하루만이라도 세속을 떠나 자기를 바라보는 것은 새로운 인간을 만드는 계기가 될 것이다.

탈무드에는 '쉬는 방법을 보면 그 사람을 알 수 있다.'고 기록되어 있다.

가장 좋은 벗은
거울 속에 있다

"단지 이야기 들어줄 사람이 필요해서
우정을 키우는 것은 좋지 않다."

인디언의 속담에'친구는 내 슬픔을 등에 지고 가는 자다.'라는 말이 있다. 또한 다음과 같은 말이 있다.

"당신이 정말로 신을 사랑하고 있는가는 당신이 친구를 얼마나 사랑하고 있는가를 보면 알 수 있다."

탈무드에는 다음과 같은 이야기가 있다.

전쟁이 오랫동안 계속되어 매우 곤란한 처지에 빠진 나라가 있었다. 적을 맞아 용감히 싸우던 한 장군이 중과부적으로 마침내 크게 패배하고 말았다. 왕은 전투에서 크게 패배한 사

266

령관을 해임했을 뿐만 아니라, 사령관의 지위를 박탈하고 다른 장군에게 사령관의 임무를 물려주었다. 새롭게 사령관의 지위를 물려받은 장군은 먼저 번의 사령관과 어린 시절부터 한 마을에서 친하게 지냈던 친구 사이였다.

왕은 사령관의 지위에서 물러난 장군이 자신을 배반하지나 않을까 의심을 했다. 전 사령관이 정말로 나라를 사랑하고 있는지 또한 사령관의 지위를 받은 친구에게 시기심은 없는지를 왕은 알고 싶어 했다.

'만약 내가 의심하고 있는 전 사령관이 자신의 자리를 대신한 친구의 영전을 진정한 마음으로 기뻐한다면 그를 믿어도 좋을 것이다. 그러나 라이벌을 끌어내리는 등의 행동을 한다면 죄인으로 다루어야겠다고 생각했다.

얼마 후, 새로운 사령관이 된 장군은 매우 중요한 전투에서 대승을 하고 늠름하게 왕궁으로 돌아와 왕에게 승전보를 알렸다.

"왕이시여, 적을 무찌르고 돌아왔나이다."

"사령관, 수고했소. 먼저 번 전투에서는 대패를 했는데, 어떻게 대승을 할 수가 있었소."

"왕이시여, 이번 전투의 승리는 오로지 전 사령관의 작전이 없었다면 불가능한 것이었습니다."

"그게, 무슨 말이오."

"제가 전장으로 출정하기 전날, 전 사령관인 저의 친구가 저를 찾아왔었습니다."

"……"

"저에게 부탁하기를, 미천한 병졸이라도 좋으니 꼭 전장에 자신을 데려가 달라고 했습니다. 자기가 전투에서 패한 경험이 있기 때문에 승리할 수 있는 방법을 깨달았다고 하면서 애원을 하는 것이었습니다. 그래서 할 수 없이 이 사실을 비밀로하고 사병의 옷을 입혀 전장에 출전하게 하였습니다. 전 사령관의 작전계획으로 그 곳의 지형지물을 적절히 이용하여 이번 전투의 대승을 이룰 수 있었습니다."

왕은 자신이 의심했던 것을 크게 후회하며 전 사령관을 매우 중요한 자리에 임명했다.

사람의 가치는 이웃 사람들의 행복을 진심으로 기뻐하는 능력을 가졌는지 여부로 알 수 있다. 자기가 행복감에 젖어 있을 때, 함께 기쁨을 나눌 수 있는 이웃이 있다면 얼마나 즐거운 일인가.

유대인의 속담에 이러한 글들이 있다.

'결점이 없는 벗을 얻으려 한다면 평생 벗을 얻지 못할 것이다.'

'좋은 벗이란 오래된 와인과 같다. 아무리 시간이 지나도 향기를 잃지 않는다.'

단단한 쇠붙이도
내부에서는 활동하고 있다

"나는 실패했지만 그는 성공했다.
그는 실패했지만 나는 성공했다.
그와 내가 힘을 합하면 보다 큰 성공을 이룰 수 있다."

쇠는 매우 단단하여서 얼핏 보면 생명이 없는 것처럼 보일지도 모른다. 그러나 쇠의 내부에서는 미립자가 활발히 움직이고 있는 것이다. 그것은 스스로의 법칙이 있어서 그에 따라 바쁘게 움직이고 있다. 가령 이 쇠붙이 조각을 금덩이에 대고 한참 동안 세게 눌렀다가 떼어 보아도 쇠붙이는 하나도 변하지 않은 것처럼 보인다. 그러나 과학자가 정밀히 조사하여 보면 그렇지가 않다. 금속을 다른 금속에 접촉시키면 미묘한 변화가 일어난다. 금이나 쇠의 미립자가 서로 다른 금속의 구조 속으로 들어와 있다고 한다.

사람과 사람의 만남 또한 이와 같다. 당신의 일부분이 상대방 속에 들어가고, 상대방의 일부분이 당신 속으로 들어온다. 어떤 사람과 헤어지고 난 뒤 아무런 영향을 받지 않았다고 생각할지도 모른다. 또 어떤 경우에는 상대방의 얼굴이며 이름도 곧 잊어버리게 되는 일도 있다. 그러나 쇳덩어리를 금덩어리에 대고 눌렀을 때처럼 인간 사이에도 미묘한 변화가 일어난다. 지금 당장은 그 사람의 이름이나 얼굴은 잊어버렸다 할지라도 당신 마음속 어딘가에 그 사람이 남아 있는 것이다.

무척 두려운 일이다. 당신이 미워하던 사람, 괴로움을 주었던 사람, 혹은 싫어하던 사람들도 당신 속으로 들어와 있는 것이다. 그러므로 만나는 사람에게 얼마만큼 깊은 접촉을 가질 것인지 신중히 판단하지 않으면 안 된다. 아무런 연관이나 이해관계가 없는 쇠붙이와 금덩이가 서로 영향을 주는 것처럼 사람 사이에서도 마찬가지의 일이 일어나는 것이다.

사람은 서로 영향을 주고받는다. 사람은 혼자서 성장할 수도 없으며, 혼자서 타락할 수도 없다. 자기에게 맞는 사람을 찾는다는 것은 인생에 있어서 중요한 일이다.

자신이
1이 되도록 노력하라

"리더란 희망을 나눠주는 사람."

사람들이 가장 저지르기 쉬운 잘못은 무엇일까?

그것은 나 하나쯤 사회를 위하여 무언가 좋은 일을 하지 않더라도 다른 사람이 그 일을 하기 때문에 사회는 제 기능을 발휘해 간다고 생각하는 것이다. 이것은 비겁한 태도이다. 마치 기생충과 같지 않은가?

자기가 시작하지 않는 한, 결코 사회는 제대로 기능할 수 없다.

좋은 가족 관계를 지니고 싶은가, 가정생활에 있어서도 성공하고 싶은가, 좋은 지역 사회를 만들고 싶은가, 좋은 나라를 만들고 싶은가를 묻는다면 대개의 사람들은 "그렇게 하고 싶습니다."라고 대답할 것이다. 그런데 사람은 대개 다른 사람의 잘못이나 부정에 대해서는 매우 민감하지만 자신의 잘못에 대해서는 관대하다. 마치 자기에게만은 면책 특권이 있다고 생각하고 있는 것이다.

자기의 핑계를 가장 잘 들어주는 사람은 자기 자신이다. 우리들은 아내나 혹은 남편, 아이들, 동료, 상사, 그리고 주위 사람들에 대해서 엄한 기준을 세우고 날카로운 눈으로 그들을 바라보며 잘못된 점을 찾고 있다. 이런 사람의 가장 기본적인 잘못은 자기가 본보기를 보이지 않고, 다른 사람들이 좋은 일을 할 것이라고 기대하는 일이다.

좋은 가정이란, 가족구성원이 서로 서로에게 좋은 영향을 주는 가정이다. 가족구성원 모두가 조화롭게 화합하는 분위기에서 서로 발전이 되는 자기표현을 하며 서로 이해하고 배려하며 함께 웃음꽃을 피우는 가정이다.

좋은 가정을 만들기 위해서는 창조적인 노력을 필요로 한다. 가족이라고 할지라도 각각의 구성원은 개성을 지니고 있으며 자기 나름의 이해관계를 지니고 있다. 그러므로 서로 관용과 이해심을 지니고 있지 않으면 안 된다. 무엇보다도 자기 자신이 좋은 일을 하는 본보기를 보이도록 노력해야 한다.

부모가 자녀에게 좋은 본보기를 보이는 것은 가장 좋은 교육이다. 좋은 행위이든 나쁜 행위이든 전염이 되기 때문에 본보기를 보이기 위해서는 우선 본인의 행동이 모범이 되어야 한다. 상대방이 눈치 채지 못하더라도 솔선해서 묵묵히 본보기를 보이면 언젠가는 인정하고 따라오게 되는 법이다. 정당한 일이 아닌 것으로는 좋은 본보기를 보일 수가 없다.

탈무드에서는 1이라는 숫자는 처음을 의미할 뿐만 아니라 유익하다는 의미도 지니고 있다. 항상 자기가 처음이 되도록 노력해야 한다는 것이다. 1이란 가장 명예로운 숫자이다.

본보기는 자신에서부터 시작된다. 먼저, 좋은 가정을 만드는 일부터 시작하자. 좋은 가정을 창조하는 일은 가정뿐만이 아니라 좋은 지역 사회를 만드는 것과도 통한다. 참다운 지도자란 본보기를 보일 수 있는 사람이며, 시작을 만들 수 있는 사람이다.

항상 부지런히 일하는
습관을 들여라

"습관은 제 2의 천성으로
제 1의 천성을 파괴한다."

동유럽 지역 유대 사회에는 다음과 같은 속담이 있다.

'성공이나 실패를 하는 것도 습관이다.'

근면과 인생의 성공은 필연적 관계로 맺어져 있다. 부지런했기 때문에 성공한 사람은 있어도 게으르면서도 성공했다는 사람은 아직까지 본 적이 없다. 물론 부지런한 것만 가지고는 성공할 수 없다. 그렇지만 부지런하다는 것은 성공의 기본적인 조건이 된다.

성공을 하기 위해서는 부단한 노력과 역경이 뒤따르는 법이다. 원시시대의 사람들을 생각해 보면 쉽게 알 수 있다. 그들은 불을 일으키기 위하여 오랜 시간에 걸쳐서 나무나 돌을 맞대고 비벼야 했다. 또 과실을 따기 위해서는 나무에 올라가야만 했다.

〈성서〉의 시편에도 '눈물을 흘리며 씨를 뿌리는 자, 기뻐하며 거두어들이리라.'(시편 126-5)고 기록하고 있다.

근면에는 두 가지 종류가 있다. 강요된 근면과 스스로 부지런한 근면이다.

옛날 빈곤했던 시절, 논밭이나 작업장에서 오랜 시간 좋지 않은 노동 조건에서 기계적으로 일했던 것은 생계를 유지하기 위한 운명적으로 강요된 근면이었다. 그렇게 하지 않으면 먹고살기 힘들었기 때문이다. 하지만 근면한 것만 가지고 성공할 수 없었다. 그것은 인간이기에 생존을 위해서는 거부할 수 없는 본능적인 노동활동이었기 때문이다.

중국, 동남아시아 지역의 농민들이 오랜 시간 논밭에 달라붙어 있어도 그다지 생활이 향상되지 않는 것은 환경적인 요인으로 인한 강요로 일하고 있기 때문이다.

산업이 발전한 나라의 사람들이 그들의 일하는 모습을 보면, 그들이 일에 종사하기 위해 소요되는 시간이 이해하기 힘든 것일지도 모른다. 샐러리맨이 야근까지 하면서 열심히 일하는 것도 강요된 근면함이다. 이와 같은 근면은 생계를 유지하기 위한 압박에 의한 노동이므로 책임감이 없어지면 아무것도 남지 않게 된다. 주부가 가사(家事)에 쫓기는 것도 밖에서 강요되기 때문이다. 정년퇴직으로 직장에서 물러나거나, 나이가 들은 주부인 경우 자녀들이 독립해서 할 일이 없어지면 넋 나간 사람처럼 되어 버리는 것은 그런 까닭에서이다.

스스로 우러난 근면은 자기 발전과 꿈을 이룬다. 한 걸음 한 걸음 시간의 흐름에 따라서 자기를 확립시키게 되는 것이다. 자기 스스로 부지런히 목표를 향하여 스스로 행하는 근면함 역시 습성인 경우가 많다.

영어를 공부하는 것을 예로 들어보자.

실제로 필자의 일본인 친구 가운데 그런 사람이 있었다. 집이 좁아서 그는 매일 아침 옥상으로 올라가 테이프를 사용해서 영어회화 공부를 했다. 겨울에는 차 속으로 들어가서 공부했다고 한다. 1년 뒤에 그의 영어실력은 몰라보게 향상되었다. 그 결과로 그는 사내(社內) 진급시험에 합격해서 지금은 런던지점에서 높은 지위로 근무하고 있다.

나는 그에게 이렇게 물어보았다.

"영어 공부를 하면서 언제 가장 괴로웠나?"

그는 이렇게 대답했다.

"시작하고 나서 한 달이 지나자 습성이 되었다네. 습성이 된 후부터는 아무런 고통이나 괴로움이 없었네."

새로운 좋은 습관을 갖는 것이 성공의 실마리가 되는 것이다. 그것은 강요된 근면이 아니기 때문이다.

현재는 언제나
미래의 출발선이다

"시간은 한 번밖에
경험하지 못한다."

　시간에 대해 이해한다는 것은 철학자와 과학자들의 오랜
연구 대상이었으며 관심사였다. 시간은 '이것이다'라며 정의
를 내리는 것은 어려운 문제다. 과학적으로도 명확하게 정의
하지 못하고 있다. 자연의 법칙에 순응하며 삶을 영위한 농경,
수렵사회에서는 시간의 개념이 중요하지 않았다. 날이 밝으
면 들에 나가 농사를 짓고, 들에서 짐승을 사냥하고 어두우면
집으로 돌아와 쉬면 됐다. 그러나 산업혁명을 거치며 인간은
스스로 시간의 소중함을 알게 되었다. '시간은 돈이다'라는 개
념이 자리 잡기 시작한 것이다.

어린 시절에는 시간이 귀중하다는 것을 잘 모른다. 어린이는 시간 감각에 민감하지 않기 때문이다. 그러나 성장함에 따라서 시간이 아주 소중한 것이라는 사실을 알게 된다. 금전 감각이나 시간 감각도 어느 정도 성숙한 뒤에야 알게 된다.

시간은 다른 무엇과도 바꿀 수가 없는 것이다. 그것을 잘 알면서도 우리들은 시간을 낭비하고 있다. 사람이 시간을 유익하게 쓰지 않는다면 시간이 사람을 낭비해 버린다.

시간은 매우 재빠르다. 시간은 아주 비싸고 귀한 짐승과 같아서 훌륭한 사냥 솜씨로 기회를 잘 포착한 사람만이 제때에 잡아서 성공을 한다. 시간을 유용하게 사용하기 위해서는 시작과 끝을 분명히 계산하고 계획하여 일을 진행해야 한다. 막연한 목표설정은 시간을 헛되게 보내게 된다. 목표가 확고하고 계획이 구체적이어야 성공할 확률을 높인다.

우리들은 시간을 한 번밖에는 체험하지 못한다. 만물 중에 사람만이 이 사실을 알고 있으며, 어떻게 시간을 쓸 것인지 미리 계획할 수 있다.

동물은 현재를 사는 것밖에 모른다. 동물과 사람을 가장 확실하게 구분하는 방법으로 현재만을 생각하며 사는가, 아니면 미래를 바라보며 현재를 사는가 하는 것으로 구분한 학자도 있다. 현재만을 생각하며 사는 사람과 미래를 생각하며 사는 사람 사이에는 동물과 사람의 구분만큼이나 커다란 차이가 있다. 하지만 인간은 살아 있는 한, 현재를 살고 있다.

아인슈타인 역시 탈무드와 토라를 연구하는 랍비였다. 그는 종종 탈무드의 내용을 기록하여 자신의 수첩에 기록하기도 했다. 그가 남긴 노트의 맨 앞장에는 다음과 같은 문구가 적혀있었다.

'현재는 언제나 미래의 출발선이다.'

독특한 개성은
사람을 끌어당긴다

"남보다 뛰어난 것보다
남들과 다른 것이 더 낫다."

　자기를 소중히 하지 않으면 안 된다. 자신을 존중할 때 개성이 생겨난다. 그리고 개성을 통해서 사회에 공헌할 수가 있다. 개성을 키운다는 것은 사람으로서의 의무라 할 수 있다. 그러나 우리는 자기 자신에 대해서 가장 많이 알고 있고 가장 깊이 알고 있기에, 자신의 단점과 한계에 대해 고정화된 관념을 갖는 것이다.

　'나는 이래서 안 돼. 나는 이 정도 이상은 해낼 수 없어. 내가 더 이상 어떻게 할 수 있겠어.'

　이렇게 자신의 한계점을 스스로 정해버린다.

그러나 역경을 극복하고 정상 위에 올라선 이들은 자신의 단점과 한계점을 극복하고 거뜬히 한계를 이겨낸 것이다. 그 힘은 어디서 나온 것일까.

그것은 자신에 대한 믿음과 스스로에 대한 존중에서 나온 것이다. 이렇게 자신을 스스로 존중할 때 자신만의 특출한 개성이 정립될 수 있다.

'히브리'라는 말의 의미는 맞은편 물가에 선다는 뜻이다. 반대하는 것을 두려워해서는 안 되며, 또 다른 사람이 자기에게 반대하는 것을 받아들이고 자신을 바르게 돌아보아야 한다. 그럼으로써 서로 다른 것이 좋은 방향으로 혼합되어 새로운 것이 태어나기 때문이다. 세계가 모두 동일하다면 진보란 있을 수 없다.

탈무드는 오랜 시간에 걸쳐 많은 랍비들의 논쟁을 기록한 것이다. 말하자면, 현명한 랍비들의 대화를 오랜 시간 수집하고 연구한 것을 기록해서 정리한 것이 바로 유대인의 영지를 모은 대사전 〈탈무드〉가 된 것이다.

탈무드에는 다음과 같이 기록하고 있다.

'만일 모든 사람들이 한 방향으로만 향하고 있다면 세계는 기울어지고 말 것이다.'

현대의 탈무드에는 '사람의 개성이 얼마나 중요한가'라는 문제를 다음과 같은 예를 들어 설명하고 있다.

「사무실이나 작은 회사들이 밀집되어 있는 지역에 가보면 커피 등을 판매하는 카페들을 흔히 볼 수 있다. 이러한 카페들은 반경 1킬로미터 정도의 한정된 지역의 손님을 상대로 해서 장사를 하고 있다. 즉, 상권이 좁은 것이다. 또 샐러리맨의 점심식사를 상대로 하는 레스토랑 역시 상권이 좁아서 거리가 가까운 손님 외에는 잘 오지 않는다. 그러나 레스토랑이 다른 곳보다 독특하며 전문화되어 있는 경우에는 먼 거리에서도 손님이 찾아온다. 레스토랑의 차별적인 특색이 상권을 넓힌 것이다.

사람도 마찬가지이다. 정말로 개성이 있는 사람은 자기의 활동영역이 자연이 넓어진다. 그 사람의 개성을 찾아서 사람들이 찾아오기 때문이다.

사람에게도 찻집 형과 또 하나는 매우 특색 있고 전문화된 레스토랑 형이 있다. 그 어느 쪽이 될 것인가는 자기의 개성을 어떻게 살리는가에 달려 있다.」

Chapter 07

작은 일도
최선을
다하라

Today is
yours to
shape
create a
masterpiece

사람은 언제나
부족한 것만을 생각한다

"모든 것을 탐내면 모든 것을 잃는다."

한 사람이 불필요하게 너무 많은 것을 소유하고 있다면 다른 많은 사람들은 절실하게 필요한데도 부족한 생활을 영위하고 있는 것이다. 사람의 욕심은 언제나 자기에게 부족한 것만을 생각하게 하고 다른 사람의 부족을 배려하지 못하게 만든다.

탐욕은 지나치게 탐하는 욕심을 말한다. 욕심을 좇아서 살아가는 사람은 나누는 삶의 달콤함을 맛볼 수 없다. 그들은 야만인과 같아서 배고픈 사람의 것을 약탈하고 그들의 작은 행복을 짓밟는 것과 같은 혐오스러운 짓을 서슴지 않는다. 자기 앞에 진수성찬을 두고서도 겨우 끼니를 연명하는 사람들의 빵 한 조각을 빼앗는 것이다.

인간이 동물을 잡기 위해 덫을 사용한다. 인간의 세계에서도 덫이 존재한다. 덫은 먹을 것을 쉽게 얻을 수 있다며 동물이 지나가는 길목에 설치하여 속이는 행위다. 인간세계에도 이와 같은 일이 벌어지고 있다.

현대사회는 취업문제가 사회문제가 되었다. 고용이 불안하고 취업이 불안하다보니 막막한 미래를 급속히 변화시킬 일확천금을 노리는 젊은이들이 많아졌다. 이들의 심리를 이용한 덫이 사회 곳곳에 숨겨져 있다. 이처럼 탐욕의 덫에 빠져 돌이킬 수 없는 비참한 인생이 되기도 한다.

불필요한 것을 버리고 절실한 사람들에게 나누어 주라. 욕심을 멀리하고 야만적인 사람으로 남게 되는 것을 경계하라. 모으기만 하고 버릴 줄 모르는 사람은 진정으로 가치 있는 행복을 얻지 못하는 법이다.

작은 것이라도 다른 사람에게 베풀 줄 아는 사람이 진정한 행복을 누릴 수 있다는 것을 명심하라. 이들은 언제나 마음의 여유가 있기 때문에 다른 사람들에게 관대할 뿐만 아니라 마음으로부터 부자이기 때문에 무엇이든 사람들에게 나누어 줄 수 있다.

한 사람 한 사람이
촛불을 지니자

"사람들이 죄를 지으면 나도 역시
거기에 책임을 느껴야만 한다."

우리들은 종종 세계가 부정으로 가득 차 있는 것을 보고 실
망하고 낙담한다. 부정은 곳곳에 구석구석 깊이 파고 들어가
있으며, 우리들의 앞길을 가로막고 있다. 그러므로 부정과 맞
서서 싸우기보다는 타협하는 편이 낫지 않을까 하는 생각이
들 정도이다.

만일 당신이 이런 약한 마음이 든다면 다음과 같이 생각해
보자. 부정에 맞서서 싸우는 것이 아니라 그 반대의 일을 생
각하여 보자는 말이다. 우선 질병에 비유해서 생각해 보기로

하자.

큰 병하고 싸우는 일은 대단히 힘든 일이다. 열이 나고, 고통스럽다. 그래서 약을 먹는다. 물론 병에서 벗어나기 위해서 약도 먹어야 한다. 하지만 병을 억제하는 가장 좋은 방법은 건강을 강화하는 일이다. 운동·균형 잡힌 식사·규칙적인 생활 등의 습관들이 사람을 건강하게 만든다. 건강을 강화함으로써 병을 억제할 수가 있는 것이다.

삶에서도 이러한 법칙이 적용된다. 올바른 생활을 함으로써 세상의 부정을 억제할 수 있다. 다른 사람의 부정에 저항하는 것도 한 가지 수단이지만, 자기의 행동을 바르게 하고 한층 올바른 생활을 하는 것이 그만큼 세상의 부정을 추방하는 것이 된다.

탈무드에는 다음과 같은 말이 있다.

"좋은 것은 나누어 가져도 자기의 책임은 나누어 갖지 말라.'

환경의 탓이나 어떠한 다른 요인에 책임을 돌리려 해도 항상 자기가 남게 된다. 게다가 다른 사람의 탓으로 돌리려는 것은 에고(ego)가 있기 때문이다. ego는 '자아'즉 나를 뜻하는 그리스어에서 온 말이다. 에고(ego)가 있다는 것은 분명히 자기가 존재하고 있다는 증거이다.

결국, 세상의 중심에 자기가 있는 것이다. 자기를 완전히 사라지게 할 수만 있다면 자기의 책임도 없는 것으로 할 수 있을 것이다. 하지만 자기가 있는 한, 절반은 남의 탓 환경 탓으로 돌릴 수 있다 해도, 절반은 항상 자기 자신의 탓으로 남는다. 인간은 자기로부터 달아날 수 없는 존재다.

틀렸을 때는
"아니오!"라고 분명히 말하라

천사와 사람은 어떻게 다른 것일까?

천사의 특성은 언제나 티 없이 깨끗하며 결코 부패하는 일이 없다는 것이다. 그러나 인간의 관점에서 천사의 결점을 찾는다면 진보하거나 향상하는 일이 없다는 것이다.

그렇다면 사람의 결점은 부패할 수 있다는 말이 된다. 그러나 이러한 사람에게도 장점은 있다. 그것은 단점을 보완하여 향상할 수 있다는 점이다. 인간은 이처럼 장점과 단점을 지니고 있다. 물론 장점을 살리면 힘이 된다.

사람은 완전무결할 수는 없다. 완전한 사람은 이상일 뿐이다. 그것은 넓은 바다에서 뱃사람을 인도하는 밤하늘의 별과 같은 것이다. 뱃사공이 아무리 별을 향하여 쫓아가도 하늘의 별에 이를 수는 없다. 그러나 별을 쫓아 별에 가까이 가려는 마음에서 올바른 길로 나아갈 수 있게 된다. 불완전하나 완전에 가까이 가려고 노력함으로써 바른 길을 걸을 수 있는 것이다.

완전함을 구하는 것은 힘든 일이며, 다른 사람에게 그와 같은 것을 구하는 사람은 스스로 거만하게 된다. 완전하게 될 수 없는 것을 알면서도 완전에 가까이 가려는 노력은 아름답다. 그러나 거만한 마음을 가진 자는 자신의 힘 이상으로 자신을 돋보이게 하려는 마음을 항상 지니고 있다. 그러한 사람은 결국 자신의 마음에 자신을 가두어서 힘든 상황을 스스로 만든다. 이것은 자신감과 자기도취의 차이이다. 자신감을 가지고 있는 사람은 자기 힘의 한계를 알고 있으나, 자기도취에 빠진 사람은 자기 힘의 한계를 모른다.

탈무드에는 이런 말이 있다.

'자기가 할 수 있는 일을 하려고 하는 것이 인간이며, 자기가 하고자 하는 것을 바라는 것은 신이다.'

겸허함 속에서 사람들을 이끌어 가는 힘이 나온다. 그리고 겸허한 사람이 또한 관대하기도 하다. 그러나 원칙이 없는 관용은 문란하게 되어 버리므로 분명한 선을 긋지 않으면 안 된다.

필자가 일본에 체재할 무렵, '경청'이라는 말이 유행하고 있었다. 일본인들에게 그 의미는 '상대방이 말하는 것은 무엇이든 귀를 기울이겠다는 뜻'으로 받아들여졌다. 그러나 그것이 바람직한 것일까?

나는 그렇지 않다고 생각했다.

독일의 나치스에 쫓겨 런던으로 망명했던 철학자 칼 만하임은 다음과 같이 말했다.

"자유주의자들은 중립성과 관용정신을 겸한 것이 탈이었다. 만약 '노우'라고 분명히 말할 수 있었더라면 나치스는 정권을 잡을 수 없었을 것이다."

나치스는 이와 같은 중립적 관용 정신에 힘을 얻어 뻗어 나갔던 것이다.

"노우"라고 할 때는 분명히 "노우"라고 외칠 만한 용기를 발휘해야 한다. '대화' 에서도 "아니오"라고 말할 수 있는 용기가 필요한 것이다.

탈무드에는 원칙이 없는 절제되지 않은 관용은, 크게 손해를 볼 수 있다고 가르침을 주고 있다.

핸디캡 레이스(handicap race)를
강요해서는 안 된다

"인간은 바르지 못하나 신은 공정하며
최후엔 반드시 정의가 승리한다."

랍비 이스마엘은 어느 날, 두 소년이 누구의 키가 더 큰지에 대해서 다투고 있는 것을 보았다. 한 소년이 또 다른 소년을 움푹 파인 고랑 속에 세우더니 자기가 더 크다고 우기는 것이 아닌가.

이 광경을 본 랍비 이스마엘은 이렇게 생각했다.

"이것은 자기보다 다른 사람이 못하다는 것을 증명하기 위해서 세계 어디서나 항상 쓰고 있는 방법과 흡사하지 않은가. 만일 상대방을 고랑에 세우지 않았다면 자기가 의자 위에 올라가서라도 더 키가 크다는 것을 증명하려고 할 것이 아닌가?"

공정하지 못하고 나쁜 일은 대개 노출되게 마련이며, 결과가 깨끗하지 못하다. 이것은 개인과 개인의 경쟁에서도 마찬가지이다. 상대방에게만 짐을 지운 채 경기를 진행하는 핸디캡 레이스를 강요해서는 안 된다. 언젠가는 그것이 탄로 나고 말 것이다.

핸디캡인 장애를 극복하고 세계가 존경하는 위인으로 우뚝 선 사람들이 있다. 그들의 이름을 떠올리는 것만으로도 마음을 새롭게 하는 계기가 된다.

39살에 걸린 소아마비를 이겨내고 미국의 32대 대통령이며, 미국의 대공황을 극복하고 제2차 세계대전을 승리로 이끈 루스벨트.

언어장애를 극복하고 20세기 세계에서 가장 영향력 있는 정치인이자 철의 리더십으로 2차 세계대전의 종전을 이끈 영국수상 처칠.

온몸의 근육이 마비되는 루게릭 병과 싸우며 끊임없는 연구로 인류에 공헌한 블랙홀 이론의 세계 최고의 천체물리학자 스티븐 호킹.

청각장애를 가졌음에도 음악 역사상 가장 위대한 음악가이며, 수많은 명곡을 작곡해낸 베토벤.

그들의 삶은 역경과 고난을 극복하고 이룩한 인생이었기에, 우리에게 순탄한 삶에서 이룩한 성공한 사람들의 이야기보다 더욱 감명을 주고 교훈을 전해주는 것이다. 인생은 아무리 나빠 보여도 살아있는 한 누구나 희망은 있고 또 성공할 여지가 충분히 있다.

죄란
무엇인가

"그대에게 죄를 지은 사람이 있거든,
그가 누구이든 그것을 잊어버리고 용서하라."

'욤 키풀(속죄의 날)'에 유대인은 자신이 저지른 죄와 대면한다. 이 날, 유대인은 죄를 고백하고 용서를 빈다.

고대 사회에서는 죄를 용서받기 위해서 제단에 제물을 바쳤으며, 도저히 용서받을 수 없는 죄는 이 단상에서 탄핵되었다. 죄인은 신의 노여움을 사게 된다고 생각했다.

하지만 근대에 들어오면서 사람은 신에 대한 두려움보다 사람이 만든 법에 대하여 관심을 가지게 되었다. 이러한 새로운 토양에서 사회과학이 생겨나고, 죄도 인간이 만든 법률에 의하여 다루어지게 되었다.

경제학자는 죄의 원인을 사회의 경제 구조에서 찾는다. 죄는 경제적인 욕망으로부터 생겨날 뿐만 아니라, 강한 자에 의한 약자의 수탈이나 경제적인 부정 속에서 생겨난다고 말한다. 물론 경제학자가 발견한 이와 같은 사실들도 무시할 수는 없다. 〈성서〉에도 '사람은 빵만으로 살 수는 없다.'고 씌어 있으며, '만약 사람이 굶주림을 면하기 위하여 물건을 훔쳤다면 용서받아야 한다.'고 설명하고 있다.

가난은 범죄를 키운다. 가난은 아름다움이나 지적인 것에 대한 관심을 잃어버리게 하며 굴욕감에 자기를 내던지는 태도를 낳는다. 탐욕스러운 사람은 물질적으로 많은 혜택을 받고 있지만, 만족하지 못하고 한층 더 큰 유혹을 가지게 되므로 죄를 범하기 쉽다. 대부분의 쾌락은 죄가 되기 쉬우며, 죄의 대부분은 쾌락이 원인이 되는 경우가 많다.

사회학자도 그들 나름대로 죄의 원인을 연구했다.

그들은 빈민가, 혹은 가정적인 불화에서 생겨나는 범죄 등, 숱한 사회 환경을 죄의 원인으로 연구하고 있다.

사회 환경에 따라서 해도 좋은 일과 해서는 안 되는 일의 기준이 변하는 수가 있다. 환경이 나쁘거나 교육의 질이 나쁘면 좋은 직업을 얻을 수 없다. 소수 민족이어서 차별대우를 받는다거나, 정치적 부패 같은 것들은 죄가 발생하기 쉬운 사회를 만든다. 등의 죄의 원인을 연구한다.

심리학자들도 죄의 원인을 찾아보았다.

이를테면, 어릴 적에 어떻게 자라왔는가 등으로부터 무의식 속의 의식을 파고 들어가 죄를 저지르는 원인을 밝히려고 했다. 분명히 이와 같은 심리학적 연구도 중요한 것이다.

유대인 사회에서는 심리를 연구하는 학자가 많다. 유대인의 전통에서는 미지의 분야에 대한 연구를 적극적으로 장려하고 있다.

각 분야의 전문가들의 세부적인 죄의 연구에도 불구하고 죄는 최종적으로 개인의 문제이다. 죄는 태어나면서부터 인간에게 지워진 것이 아니다. 사회 환경으로 말미암아 강요되는 것도 아니다. 자랑스러움은 자기 스스로 확신을 가지는 것에서 나타나듯이 죄도 결국 한 개인이 스스로 만들어 내는 것이다.

만일 과학적인 연구가 개인의 책임감을 불분명하게 만든다면 참으로 유감스러운 일이다. 사람은 다른 사람의 손에서 움직여지는 약한 존재가 아니기 때문이다.

교육에 조국의
운명을 걸다

"최악의 상태에 있을지라도 행복한 것처럼 행동하라.
진정한 기쁨이 찾아올 것이다."

기원전 68년, 유대인의 로마 억압에 대항하여 독립을 쟁취하기 위한 독립운동이 시작되었다. 로마군에 대항하여 일어난 독립운동은 100년 동안 계속되었다. 유대인의 강한 저항은 초기에는 로마군의 간담을 서늘하게 할 정도로 강력했으나, 시간이 갈수록 허기와 추위, 그리고 로마군의 강력한 무기 앞에 유대인의 희생이 늘어만 갔다.

기원 후 70년 경, 로마의 대군은 유대인이 항전하고 있는 예루살렘을 포위했다. 유대인은 최후의 결전을 앞두고 회의를 거듭했다. 최후의 한 사람까지 로마군에 맞서 싸우자는 강경파와 로마군에게 항복하고 훗날을 도모하자는 온건파의 대립은 치열했다. 하지만 강경파는 로마에 항복하자는 사람들을 모조리 죽였다. 반면, 로마군은 예루살렘 둘레로 높은 성벽을 쌓고 마지막 공격을 준비하고 있었다.

이때, 유대인에게 큰 존경을 받는 랍비, 요하난 벤 자카이는 풍전등화와 같은 조국의 위기에 지도력을 발휘했다. 그는 로마군에게도 잘 알려진 고명한 랍비였다. 그는 상황을 신중하게 생각한 후, 최후의 순간이 다가오고 있음을 느낄 수 있었다. 그는 각 진영의 랍비들을 소집했다. 랍비 자카이는 각 진영의 랍비들이 모두 모이자 자리에서 일어나서 말했다.

"하느님이 선택한 하느님의 백성들이여, 역사는 오늘 우리의 선택을 우러를 것이며, 기억할 것이다. 최후의 일인까지 성 안에서 로마군에 맞서 싸운다. 하지만 나에게는 잠시의 시간이 필요하다. 성 밖으로 나가서 로마군의 사령관을 만나서 할 일이 있다."

랍비 요하난 벤 자카이는 자신이 죽었다고 로마군에게 알리고 자신은 관 속으로 들어가 장례를 치르는 것으로 위장하여 성 밖으로 나왔다. 로마군도 고명한 랍비의 죽음 앞에 공격을 멈추었다. 관이 로마군의 사령관 막사 앞에 이르자 랍비,

요하난 벤 자카이는 관에서 나와 로마군 사령관 베시파스아누스 장군과 마주 앉았다.

"장군, 이 늙은이가 장군께 부탁을 드릴 말이 있어서 이렇게 찾아뵈었소. 곧 로마군이 최후의 공격을 할 것이라는 것을 압니다. 그러기에 장군께 부탁드리고 싶은 말은, 야브네 지역만은 말살하지 말아주오. 이것이 최후의 부탁이오. 꼭 들어주시오."

베시파스아누스 장군은 야브네가 지중해 연안의 보잘 것 없는 작은 시골마을이었기 때문에 만인의 존경을 받는 랍비의 부탁을 수락했다.

성안으로 들어온 랍비 요하난 벤 자카이는 곧 공격을 시작한 로마군에 의해 죽었다. 로마군은 예루살렘의 살아있는 모든 것을 죽이고 파괴했지만 오직 야브네만은 파괴하지 않았다.

야브네에는 토라를 가르치는 학교가 있고, 유대인 학자들이 있었다.

로마군의 최후의 공격을 앞두고 랍비, 요하난 벤 자카이는 생각했다.

'지금은 로마군에게 섬멸당할 수밖에 없다. 하지만 언제라도 로마군을 이길 수 있는 방법은 교육밖에는 없다. 로마는 후손들에게 전쟁에 이기기 위해서 칼을 물려줄 것이다. 그렇다면 우리는 교육을 물려주어야 한다. 펜은 칼보다 강하기 때문이다.'

야브네의 학교는 훗날 유대인 대학 '예시바'의 기초가 되었다. 미국 뉴욕 주에도 정통 유대교 계열 '예시바 사립 종합대학교'가 있다.

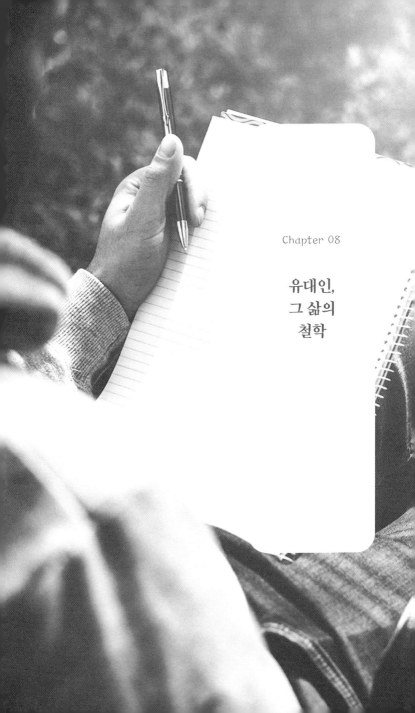

Chapter 08

**유대인,
그 삶의
철학**

Today is
yours to
shape
create a
masterpiece

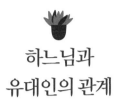

하느님과
유대인의 관계

"믿음은 산을 옮길 수 있다."

유대교에서 하느님은 유일신이다. 인류 가운데서 유일신을 가정한 것은 유대인이 처음이었다. 크리스트교, 이슬람교 역시 유일신을 주장하나, 그들 종교 또한 유대교에서 갈라져 나온 것이다.

유일신은 유일무이한 절대적인 권위가 있기 때문에 세상 어디에도 다른 절대적인 권위는 있을 수 없다는 신념을 낳았다. 그래서 유대인은 히틀러의 권위를 인정하지 않았다. 그 어떤 권위도 인정하지 않는 것은 유대인에게 큰 힘이 되어 왔다. 유일신은 절대 신이다. 유대교에 의하면, 신은 유대인과 계약을 맺고, 유대인은 신에 의해 선택된 민족이라고 규정했다. 하지만 유대인은 신에 대한 불평도 기록으로 많이 남겼다.

탈무드에는 '신은 유대민족을 모든 나라 가운데에서 선택했다고 하는데, 왜 신은 우리들을 선택했는가.'하고 개탄했으며, 또 '만일 신이 이 지상에 살고 있다면 신의 집 창문의 유리는 한 장도 남아나지 못했을 것이다.'라고 기록하고 있다.

그것은 자신들의 비참한 처지를 한탄하는 말이지만, 아이가 배고파서 울 때 어머니의 가슴을 찾는 것과 같은, 사랑받고 싶은 투정인 것이다. 유대인은 울면서도 하느님을 두고 뒤로 돌아서 갈 수가 없었다.

탈무드에는 다음과 같은 기록도 있다.

'하느님은 얼마나 공정하고 올바른가?'

'하느님은 부자에게는 음식물을 주고, 가난한 자에게는 식욕을 준다.'

'하느님에 대해서 질문을 해서는 안 된다. 대답이 듣고 싶으면, 여기까지 올라오라 한다.'

'하느님은 가난한 자를 사랑한다. 그러나 부자를 도와준다.'

이와 같이 투정이 섞인 기록을 하면서도, 다음과 같이 이해를 하기도 한다.

'그러나 궁극적으로는 하느님이 인간을 이렇게 평가한다고 생각한다. 하느님은 사람을 세 단계에서 저울질한다. 어렸을 때에는 하느님은 허물을 용서한다. 청년이 되면 그가 어떤 목표를 세우고 있는가에 따라 저울질한다. 나이가 들면 하느님은 그가 회개하도록 기다린다.'

탈무드에는 아브라함이 어느 노인의 천막을 찾아갔을 때의 이야기가 적혀 있다.

그 노인은 우상을 숭배하였는데, 아브라함은 하룻밤 내내 하느님만이 진정한 유일신이므로 하느님의 말씀을 따르기를 권했으나 뜻을 이루지 못했다. 그래서 아브라함은 단념하고 자기 집으로 돌아가 버렸다. 다음 날 밤 아브라함은 노인이 있는 곳으로 가지 않았다.

하느님이 그날 밤 아브라함 앞에 나타나서 아브라함에게 말했다.

"아브라함아, 나는 그 노인이 나를 믿어 주도록 70년이나 기다렸다. 그런데 너는 하룻밤 이상 기다릴 수 없다니 도대체 어찌된 일이냐?"

시나이 산에서
하느님과 계약을 하다

> "최악의 상태에 있을지라도 웃으며 행복한 것처럼
> 행동하라. 진정한 기쁨이 찾아올 것이다."

성서의 처음 5편 가운데에는 두 개의 중요한 부분이 있다. 하나는 하느님이 세상을 창조하신 창세기 편이며, 또 다른 하나는 시나이 산에서 하느님이 모세에게 가르침을 주는 대목이다. 새로운 것을 창조하는 행위는 과학자나 예술가 등에 의해 매우 미세한 창조들이 영원히 이어질 것이지만, 하느님의 창조는 여기에서 완벽하다. 사람이 비집고 들어갈 여지는 없다. 창세기편에는 '하느님께서 "빛이 생겨라!"하시자 빛이 생겨났다. 그 빛이 하느님 보시기에 좋았다'라고 기록되어 있는 것처럼 하느님은 일방적으로 여러 가지 창조 행위를 한다. 하느님의 위대한 힘에 의해서 빛과 어둠이 나누어지고, 하늘과 땅이 갈라졌다. 세상을 창조하며 하시는 하느님의 말은 혼잣말과 같은 것이어서 어떤 것으로부터도 대답을 구하지 않으셨다.

창세기편을 살펴보면, 하느님은 여러 가지를 창조하였는데 인간은 창조의 중심이 아니다. 인간은 단지 여러 가지 피조물 중 하나로 존재하고 있을 뿐이다. 그리고 하느님은 완전하지 못한 인간, 즉 잘못을 저지른 인류를 벌주는 두려운 존재임을 어리석은 인간에게 깨닫게 한다. 하느님은 부패로 얼룩진 인류를 향하여 대홍수로 인간의 잘못을 꾸짖었으며, 하느님이 창조한 거의 모든 것이 여기서 멸망한다. 사람이 도덕적으로 하느님의 기대에 어긋나면 무서운 벌을 받는다는 사실을 말해 주고 있다. 그러나 하느님은 인간의 현실이라는 것을 이해하고, 거기에 맞추어 나가게 된다. 대홍수 때 노여워했던 하느님이 시나이 산에서는 인간의 불완전함을 혹은 약함을 이해해서 인간과 이야기를 시작한다.

출애굽기에서는 '너희야말로 사제의 직책을 맡은 내 나라, 거룩한 백성이 되리라.'(19-6)고 했다.

시나이 산에서는 하느님께서 사람에게 십계(十戒)를 주기까지 하셨다. 이 가르침은 사람이 이해하도록 되어 있다. 여기서 하느님과 사람 사이에 비로소 계약이 생겨난다. 마침내 하느님과의 대화가 시작된 것이다.

이스라엘 백성이 시나이 산에서 하느님의 말씀을 실천하겠다는 맹세를 하자, 모세는 짐승의 피를 이스라엘 사람들에게 뿌리며 말했다.

"이는 하느님께서 너희와 맺은 계약의 피다."

이스라엘 백성들은 마침내 그 곳에서 하느님과 계약을 맺고 하느님의 모습을 보았다.

하느님의 발밑으로는 푸르스름한 기운이 감돌았는데 더없이 맑은 하늘같았다.

유대교의 랍비들은 시나이 산에서 하느님이 인간 모세에게 주신 가르침을 교사의 모범이라 생각했다. 왜냐하면, 교사는 생도들이 하는 말에도 귀를 기울여야 하며, 또 생도들이 이해할 수 있도록 설명해야 하기 때문이다. 여기서 한 가지 교훈을 얻을 수 있다.

가르친다는 것은, 일방적으로 교사가 가르치고, 생도가 그것을 무조건 받아들여서 익히는 것만이 아니라는 것을 유대인은 깨달은 것이다. 그리하여 가르치는 법과 배우는 법, 이것의 확고한 정립은 유대인의 전통 속에서 중요한 위치를 차지하고 있다.

유대인은 매일 기도문을 암송하는데, 이 기도문 내용 중에는 하느님을 '이스라엘 사람들에게 토라를 가르치는 교사'라고 부르는 내용이 있다. 가르치는 법과 배우는 법은 유대인의 전통 가운데서도 가장 기본이 되는 것이다. 이 사실을 이해하지 못하면 유대인의 전통을 이해한다고 말할 수 없다.

〈토라〉와 〈탈무드〉

"긍정적인 생각만을 갖도록 힘써라.
그 생각들이 그대 안에서 놀라운 힘을 발휘할 것이다."

〈토라〉는 히브리어로 구약성서의 다섯 편을 가리키며, '원칙' 혹은 '가르침'이라는 의미이다.

토라는 유대교의 아버지라 불리는 모세의 책, 즉 모세오경이라고도 하는데 〈창세기〉, 〈출애굽기〉, 〈레위기〉, 〈민수기〉, 〈신명기〉 다섯 편으로 이루어져 있다. 토라는 또한 시나고그(Synagogue : 예배당)에 있는, 손으로 쓴 다섯 권의 책을 표현할 때도 쓰인다. 이외에도 '하느님의 성스러운 가르침'을 의미하기도 하고, '성서 전체'를 의미하기도 한다. 또한 유대인의 율법 전체를 토라라고 하고 있으며 유대교의 가르침에 따라서 생활하는 것을 뜻하기도 한다. 이런 점에서 볼 때 토라는 유대 민족을 상징하고 있다.

〈토라〉에는 하느님이 세상을 창조한 이야기를 시작으로 이 집트의 박해로부터 탈출하여 가나안 땅에 이르기까지의 역사, 하느님으로부터 받은 십계명을 비롯해 이스라엘 백성으로서 지켜야 할 613개의 율법을 자세히 기록하고 있다. 〈토라〉는 유대 민족이 어떻게 탄생했는지를 알려주는 역사서이자 어떻게 살아가야 할지를 제시하는 율법서다.

유대인은 토라를 통해 하느님의 뜻이 무엇인지 알게 된다. 유대인의 가슴에 새겨진 〈토라〉에서 가장 중요한 구절은 '쉐마(Shema)'로 알려진 '신명기 6장 4절에서 9절까지의 말씀이다.

4절) 이스라엘아 들어라 하느님 여호아는 오직 유일한 여호아이시니

5절) 너희는 마음을 다하고 뜻을 다하고 너희의 하느님 여호아를 사랑하라

6절) 오늘 내가 너희에게 명하는 이 말씀을 너는 마음에 새기고

7절) 너의 자녀에게 부지런히 가르치며 집에 앉았을 때에든지 길에 행할 때에든지 누웠을 때에든지 일어날 때

에든지 이 말씀을 강론할 것이며

8절) 너는 또 그것을 네 손목에 매어 기호를 삼으며 네 미간에 붙여 표를 삼고

9절) 또 네 집 문설주와 바깥문에 기록할 지니라

유대인들은 이 구절을 하루도 거르지 않고, 세 번 암송할 정도로 매우 중요하게 여기는데, 내용을 요약하면 다음과 같다.

"이스라엘아, 들어라. 너희 하느님은 유일한 분이시다. 너희는 마음과 목숨, 힘을 다하여 하느님 여호아를 사랑해야 하고, 내가 오늘 너희에게 명령하는 이 말씀들을 마음에 새겨야 한다. 너희는 그 말씀들을 너희 자녀들에게 부지런히 가르치고, 네가 집에 앉아 있을 때나 길을 걸어갈 때, 누워 있을 때나 일어나 있을 때도 강론해야 한다. 너희는 이 말씀들을 손목에 징표로 매고, 성구함(聖句函, Phylactery, Tefillin)에 넣어 두 눈 사이에 두어야 하며, 그 말씀들을 네 집 문설주와 대문에 써 붙여야 한다."

유대인은 하느님의 이 말씀을 믿고 따르기로 맹세하며 민족의 운명을 결정했다.

하느님의 계시인 토라의 연구를 집대성한 유대인의 〈탈무드〉에 대해서 설명하고자 한다.

〈탈무드〉는 아직도 완성된 지침서가 아니며, 유대인에게는 영원히 집필이 끝나지 않을, 진행 중인 교육서이다. 왜냐하면 세상은 변화를 거듭하며 이어질 것이기 때문이다. 세상이 끝나는 날이 온다면 탈무드의 집필 또한 그날이 될 것이다.

인간은
불완전한 존재다

"항상 웃음을 잃지 말라.
그러면 삶이 주는 선물이 그대의 것이 될 것이고,
다시 그 선물을 누군가에게 베풀 수 있을 것이다."

토라, 즉 모세오경이 사막 가운데에서 주어졌다는 것은 매우 상징적인 일이다. 사막은 사람에게는 생을 영위할 수 없는 불모의 땅인데, 여기에서 신과 인간의 대화가 이루어진다. 사막이었으므로 음식도 물도 모자랐기 때문에 사람들은 "우리들은 더 이상 이와 같은 괴로운 자유에는 견딜 수 없습니다. 다시 이집트로 데려가 주십시오."하고 호소한다.

하느님은 사막을 여행하는 이스라엘 백성들을 위해 '만나'라고 하는 빵을 하늘에서 던져 주었다. 사람들에게 '만나'로 굶주림을 면하라고 하며 말씀하시기를, 하느님을 믿고 하루치 만을 매일 모으도록 명했다. 그러나 사람들은 하느님의 말을 따르지 않았다. 사람들은 내일 일을 걱정해서 이틀 치를 모았다. 더구나 금요일은 안식일이므로 '만나'를 줍는 노동을 해서는 안 된다는 것을 알면서도 불안한 마음에 쫓겨 사막에서 '만나'를 주워 모았다. 하지만 하느님은 노여워하지 않았다. 하느님은 인간의 약함을 이해했던 것이다.

토라의 내용이 인간의 언어를 사용하여 씌어져 있다는 것은 인간이 하느님과의 대화를 시작한 것을 의미하고 있다. 그러나 인간을 완전한 것으로 생각해서 천상의 율법을 설명하고 있지는 않다는 것을 나타내고 있다. 〈토라〉는 약한 인간을 교육하고, 바른 길을 걷도록 하기 위해서 만들어진 것이다.

〈토라〉는 구약성서의 첫 다섯 편으로, 흔히 모세오경 또는 모세율법이라고도 하며 유대인에게는 자신들의 삶의 기준이 되는 가장 중요한 율법서이다. 히브리어로 '가르침' 또는 '법'을 뜻한다. 유대인은 토라는 하느님이 모세에게 계시하였다고 기록하고 있다

탈무드를 공부하는 사람은 누구나 우·선〈미슈나〉를 접하게 된다. 그것은 탈무드의 기본이 되는 성서의 연구서로, 구전 토라로 전승해 온 내용을 최초로 기록으로 옮긴 것이다. 하지

만 미슈나의 내용에 실망하는 경우가 많다. 미슈나의 일부를 소개하면 다음과 같다.

'두 사람이 한 벌의 옷을 가운데 두고 서로 싸우고 있다. 한 사람은 "이건 내 옷이다."라고 주장하고, 또 한 사람은 "아니야, 이건 내 옷이야."라고 주장하면서 결론이 맺어지지 않는 말다툼을 하고 있는 것이다. 이것이 만약 일반적인 종교의 가르침을 설교하는 책이었다면, 한 사람이 양보해서 "필요하다면 가지시오."라고 썼을 것이다. 그러나 미슈나에는 두 사람이 옷 한 벌을 두고 싸우는 얘기로 시작되고 있다. 이것은 사람들 사이에는 다툼이 끊이지 않는 것을 표현하는 내용이다.

인간은 불완전한 존재이다. 아직 완성되지 않은 불완전한 인간이기에 사람들은 창조 행위를 계속할 의무를 지니고 있는 것이다.

예시바(유대인 학교)에 가면 학생들이 몸을 흔들면서 토라를 마치 노래 부르듯이 읽고 있는 모습을 보게 된다. 혹, 그들은 기도하고 있는 것처럼 보일지도 모르지만 사실 그들은 깊은 지적인 사색에 잠겨 있는 중이다.

〈토라〉는 지식이 완성되었다고 자신하는 것을 가장 경계하도록 가르침을 주고 있다. 배운다는 것은 자기 나름으로 스스로 이해하고, 자기의 생각대로 나름의 해석을 덧붙이지 않으면 안 된다. 그러므로 제 아무리 원문을 잘 암송한다 하더라도 완벽하게 외우는 것만으로는 토라를 공부하는 생도라고 할 수 없다. 학문이란 배우는 것이 아니라, 배운 것을 소재로 해서 자기가 새로운 것을 창조하는 일이다.

훌륭한 지도자는
홀로 존재하지 않는다

"지도자란 희망을 파는 상인이다."

　모세는 모든 유대인을 대표했다. 유대인들은 유월절이 되면 속박의 땅 이집트에서 해방된 날을 기념한다. 이날에는 모세의 정신이 모든 사람의 마음속에 머문다. 모세는 노예의 신분으로 이집트에 붙잡혀 있던 이스라엘의 백성들을 이끌고 새로운 희망의 땅, 팔레스타인으로 인도한 지도자이다. 그러나 유대인들은 유월절에도 모세의 이름을 한 번 밖에는 부르지 않는다. 유대인의 전통에 의하면, 한 사람의 인간을 너무 높은 지위에 두는 것을 꺼리기 때문이다.

　한 인간을 신격화하는 것은 유대인의 전통에서 벗어나는

일이다. 물론 뛰어난 지도자에게 경의를 표하지만 절대자로 만드는 일을 유대인은 하지 않는다. 절대자는 하느님밖에 없다. 그러므로 랍비들은 모세를 위대한 인물로 보았으나, 초인적인 인간으로 인정하지는 않았다. 모세는 모든 이스라엘 인을 대표하고 있었다. '모세는 모든 이스라엘 인을 자기 자신 속에 간직하고 있었다.'고 하는 탈무드의 말은 모세는 이스라엘을 대표하는 위대한 인간이라는 뜻이다.

어떤 훌륭한 지도자라도 홀로 존재할 수 없다. 그를 둘러싸고 있는 사람들에 의해서 만들어지기 때문이다. 마찬가지로 어느 민족이든 뛰어난 사람이라고 전해지는 역사적인 인물을 보면, 그 시대에 어떠한 사람들이 어떻게 살고 있었는가 하는 것이 문제의 본질임을 알 수 있다. 지도자는 그 시대 사람들의 모습을 비춰 주는 거울과 같다. 그래서 탈무드에는 '모세는 그 시대 유대인들이 모였을 때에 일어난 불꽃과 같은 것이었다.'고 기록하고 있다.

뛰어난 지도자는 백성들과 하나의 화합을 이룬다. 지도자는 그 시대 사람들로 하여금 자기를 표현하는 것이지만, 사람들 역시 지도자를 통해서 자신을 표현하는 관계에 있다. 그러므로 사람들은 자기들의 지도자에 대해서 불평을 말하기 전에 스스로의 모습을 거울에 비춰 볼 일이다.

지도자 역시 사회를 구성하고 있는 사람이다. 그러므로 초인적이고, 신과 같은 지도자는 있을 수 없다. 역사를 살펴보면 히틀러, 스탈린, 모택동에 이르기까지 권력을 쥐고 있는 동안에는 국민들로부터 위대한 지도자라고 여겨졌었다. 그러나 그들이 권력을 잃고, 권력과 역사의 뒤편으로 사라진 뒤에는 그와 같은 평가는, 한 때 병적인 열망에 들떠 있었다고 밖에는 설명할 수가 없는 것이다. 그리하여 유대인은 모세 시대부터 어떤 인간이든 불완전하다는 것을 잘 알고 있었다. 그래서 맹목적이지 않다.

모세는 유대인의 역사에 나오는 가장 위대한 지도자였다. 하지만 성서를 읽어 보면, 모세는 이스라엘의 백성을 구출해 내어서 팔레스타인 땅에 도착할 때까지 언제나 바위 위에 앉아 있었다. 지도자라고 해서 특별한 자리가 준비되어 있었던 것은 아니었다. 유대의 전통에 따르면 지도자도 다른 사람들과 평등한 위치에 있었다. 유대인은 모세의 상을 만들거나, 그 모습을 그림으로 남겨서 경배하는 일도 하지 않았다. 유대교에서 우상 숭배는 엄하게 금지되어 있다.

성서에서 아브라함이 사상 최초의 유대인으로 기록되어 있는 것은 우상을 파괴하고 유일신을 믿게 된 맨 처음의 사람이었기 때문이다. 유대인에게 절대적인 권위란 신을 빼놓고는 없으며, 신과 같은 인간은 없다. 유대인만큼 신 앞에서 사람이 평등하다는 것을 믿어온 민족도 없다. 그래서 허식을 싫어했으며, 권위에 아부하는 자들을 낮추어 보았다.

오늘날에도 이스라엘에서는 대통령과 수상을 비롯하여 정부 각료들은 그들끼리 있을 때에는 넥타이를 매지 않는다.

같은 인간이기에 우열이 없는 것이다.

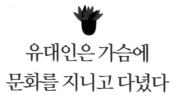

유대인은 가슴에
문화를 지니고 다녔다

"허리를 숙이지 않으면
진리를 주울 수 없다."

전 인류 중 유대인이 차지하는 인구비율은 불과 0.3%다. 이런 소수의 민족이 세계 곳곳에서 항상 화제의 중심에 서 있다. 경제학·물리학·예술분야 등에서 그들의 행보는 세계를 움직인다.

노벨상을 예로 든다면, 물리·화학·의학 부분 수상자 가운데 30% 이상을 유대인이 차지했으며 특히 노벨경제상 수상자는 약 65%다. 유대인이 오늘날까지 종교·과학·문학·음악

· 경제 · 철학 등 모든 분야에서 인류에 공헌한 업적은 실로 엄청나다고 할 수 있다. 유대인의 이 같은 힘이 어디서 왔는가 하는 것을 설명하려면 교육의 힘을 말하지 않을 수 없다.

지금까지 인류 역사상 위대한 문화는 숱하게 있어 왔다. 오리엔탈 문명과 메소포타미아 문명 등 영원할 것 같았던 희랍 문명은 최대 5백 년 밖에 번영하지 못했다. 여기서 5백 년'밖에'라고 한 사실에 주목하기 바란다.

유대인은 '구약성서의 백성'이라고 일컬어지다시피 성서와 더불어 오랜 전통과 역사를 지니고 있다. 희랍인들을 살펴보면, 고대 희랍 문화가 쇠퇴한 뒤 희랍 민족은 과거의 영광을 잊어버리고 목축에 전념해 왔다. 이집트나 로마의 예를 들어 봐도 알 수 있다. 그 밖에도 과거의 위대한 유적에 의해서 기억되는 위대한 문화는 많다. 이에 반해서 유대인은 유적을 거의 가지고 있지 않다. 아마도 '유대인의 유적'은 본적도, 들어본 적도 없을 것이다. 그 이유는, 그들은 눈에 보이는 형태의 유적이 아니라 그들 각각의 가슴에 영원히 변하지 않을 유적을 세웠기 때문이다.

유대인의 역사는 4천 년 이상이나 거슬러 올라간다. 그리하여 오늘날까지 이어지는 〈성서〉를 낳았고, 마침내 크리스트교를 낳았으며, 회교를 낳았다.

이처럼, 오늘날 최대의 종교인 크리스트교는 유대교에서 파생했으며, 또 '오일 달러'를 가짐으로써 화제가 되고 있는 이슬람교 역시 유대교에서 파생한 종교이다. 마호메트는 유대인의 성서(크리스트교도가 말하는 구약성서)와 크리스트교가 새롭게 첨가한 신약성서를 이슬람의 성서로 삼고 있다. 그리고 마호메트의 말을 기록한 〈코란〉은 〈성서〉 3부작의 마지막 책에 해당된다.

알버트 아인슈타인은 원자력 시대를 열었다. 유대인이며 심리학자였던 프로이트는 근대 심리학의 새로운 분야를 개척했다. 유대인은 이처럼 인류에 크게 공헌하면서도 1948년까지 거의 3천 년 동안이나 나라를 갖지 못했다. 유대인은 바빌로니아인, 희랍인, 로마인, 아랍인의 틈바구니에서 살아왔다. 그리하여 유대인이 방랑의 생활을 하고 있는 동안에 바빌로니아 제국·페니키아 제국·히타이트 제국 등 강대한 제국이 흥망성쇠를 거듭했다. 이 와중에 유대인은 끈질기게 살아남아서 자기들의 이상을 위해 노력해 왔다. 3천 년 동안이나 나라가 없었으면서도 이질적인 문화 사이에서 스스로의 독자성을 잃지 않았다. 그들은 자기 말이 아닌 이민족의 언어를 사용하면서도 많은 업적을 남겨 왔다. 프랑스어 독일어, 영어, 란

틴어, 희랍어와 같은 거의 모든 언어를 유대인은 사용한다.

많은 사람들이 유대인은 부자가 많다고 잘못 생각하고 있다. 역사적으로 그토록 박해를 받으며, 쫓겨 다니는 유대인들이 그와 같은 부를 축적하기에는 매우 어려웠을 것이다.

중세의 유대인의 생활은 가난하고 힘들었다. 일부 돈 많은 유대인도 없는 것은 아니었지만 그러나 대개의 유대인은 가난했고 무력했다. 만일 유대인에게 힘이 있다면, 그것은 신념이었을 것이다. 그러한 힘은 유대인의 사고방식, 교육 방법, 그들의 불굴의 정신 같은 것으로부터 우러나온다. 그러한 좌절을 극복하는 그들의 힘은 어디에서 나오는 것일까?

그와 같은 힘은 바로 지성에서 나온다고 생각한다. 지성의 뒷받침을 받는 용기와 의지가 얼마나 강한 힘을 나타내는가 하는 것을 유대의 역사가 잘 보여주고 있다.

유대인은 나라가 없었기에 힘이 없었다. 이미 기원전부터 유대 민족은 소멸될 위기에 처해 있었다. 그들이 지니고 있는 힘은 과연 무엇이었을까?

유대인은 사막을 떠돌아다니는 유목민이었다. 그들을 둘러싸고 있었던 것은 바빌로니아, 앗시리아, 페니키아, 이집트, 페르시아와 같은 대제국이었다. 하지만 유대인은 자기들의 독특한 문화를 잃어버리지 않았다. 유대인이 오늘날까지 살아남을 수 있었던 것은 기적에 가까운 일이다. 그것은 재력에 의한 것도, 무력에 의한 것도 아니었다. 그것은 오로지 의지(意志)와 지력(知力)에 의한 것이었다. 유대인은 다른 민족과 달라서 지위·재력·무력에 의지하는 일이 없었다. 의지하는 일이 없었다기보다는 힘이 없었던 것이다. 심지어 그들의 문화를 꽃피울 국토도 없었다.

하지만 유대인은 문화를 개개인의 가슴에 가지고 다녔다. 유대의 전통과 발상법 등 그들의 역사를 지켜 왔던 것은 한 사람, 한 사람의 인간이었다.

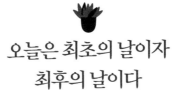

오늘은 최초의 날이자
최후의 날이다

"하루하루 인생의 마지막 날처럼 살아라."

탈무드에는 '메시아(구세주)가 올 때에는 병든 자는 낫게 될 것이다. 그러나 어리석은 자는 계속 어리석은 대로 있을 것이다.'라는 말이 있다.

그들이 기다리는 메시아가 나타날 때에는 어리석은 자만을 빼놓고는 모든 사람이 구원을 받고 병도 낫게 되리라고 기록하고 있다.

메시아라는 말은 히브리어의 '하마시아'에서 유래된 말인데 이 말은 '성유가 부어진 자'라는 의미이다. '하마시아'가 희랍

331

어의 '메시아스'가 되었으며, 희랍어로 번역되어 '크리스트'가 되었다. '크리스트'란 이름은 바로 여기에서 나온 말이다.

그리고 신으로부터 성유가 부어진 자는 '구세주'라는 의미를 지니고 있다. 구약성서에서 '메시아'란 칭호는 왕이나 승려에게 주어졌는데 그것은 신이 성유를 부어서 그와 같은 높은 지위에 임명되었기 때문이다. 나중에는 '메시아'란 예언자, 혹은 신으로부터 특별한 임무를 받은 자라면 누구든 그렇게 불렀다.

특히, '메시아'는 압정으로부터, 혹은 고통으로 신음하는 유대인을 해방하는 자를 가리켰는데, 괴로운 나날을 보내온 유대인은 자신들을 해방시켜줄 구세주가 오기를 이제나저제나 하고 기다렸다. 유대인들은 자신들 앞에 나타날, 이 해방자를 통해서 유대 왕국을 재건할 예정이었다. 이렇게 해서 '메시아'는 최후의 심판 날, 하느님의 지상의 왕국을 만들기 전에 인류를 구제하기 위해서 찾아오는 구세주를 의미하게 되었다.

구약성서 속에서는, 사울·다윗·페르시아의 시라스에 이르기까지 왕들을 가리켜 '메시아'라고 불렀다. 이와 같이 '메시아'라는 말은 시대를 따라 변해 왔다. 하지만 그 어느 시대이건 유대인들 사이에서 '메시아 신앙'은 매우 강력한 힘을 지녀왔다. 그래서 역사상 질병·기아·박해·국외 추방 등 큰 재난을 만날 때마다 유대인들은 성서를 펼쳐 들었다. 언제 '메시아'가 나타난다고 하는, 무슨 감추어진 말이라도 씌어져 있지 않은가 하고 성서를 살펴보았다. 경건한 신비주의자나 천문학자, 혹은 비법가 가운데에는 인류를 하느님의 왕국으로 안내해 줄 '메시아'가 언제 나타날지에 대하여 정확한 일시까지 예언한 사람들도 있었다.

이 '메시아 신앙'은 유대인에게 커다란 힘이 되어 왔다. 크리스트교도 그 '메시아 신앙'을 이어받았다. 언젠가 이 지상에 완전한 세계가 출현한다는 신앙이다. 언젠가는 지상천국이 나타난다는 신앙과 함께 〈성서〉의 창세기편에서 하느님이 인간에게 '보다 나은 세계를 만들어 내도록' 명령한 성경의 말은 유대인을 지탱한 힘이 되어 주었다.

대체 구세주는 언제 나타나는가?

내일인가?

모레인가?

우리들은 구세주가 언제 나타나더라도 맞이할 수 있도록, 평소에 자신을 향상시키는 데 노력해야만 한다.

구세주가 오시는 날은 이 괴로운 세상의 종말, '최후의 날'이다. 당신에게 언제 '최후의 날'이 찾아올지 모른다. 그렇다면 오늘이 최후의 날이라 생각해서 생활할 일이다.

유대교에서는 최초의 날과 최후의 날이 가장 중요하다고 여겨지고 있다. 그리고 사람에게는 매일이 최초의 날이기도 하다. 오늘부터 새로운 창조를 시작할 수 있기 때문이다.

탈무드는 '오늘은 최초의 날이자 최후의 날이다. 현재를 열심히 사는 수밖에 없다.'고 가르치고 있다.

영원히 살 것처럼 배우고 내일 죽을 것처럼 살아라. 유대인을 지켜온 교훈이다.

영원히 살 것처럼 배우고
내일 죽을 것처럼 살아라

"가장 현명한 사람은 모든 사람에게서 배우는 사람이다
이 세상에서 가장 강한 사람은 자기 자신에게 이기는 사람이다
가장 부유한 사람은 자기가 가진 것으로 만족하는 사람이다."

인간이 하루를 살기 위해서는 하루를 살기 위한 지혜를 배워야 한다. 하물며 영원히 죽지 않고 살기 위해서는 얼마나 많은 지혜를 배워야 삶을 영위할 수 있는 것일까?

유대인은 그렇게 살았다. 무엇이든지 배우며 그 배움을 자신들의 삶에 접목시켜 자신들의 지혜로 삼았고, 그 지혜를 후손들에게 전하여 수천 년 동안의 박해와 고난의 세월을 이기고 나라를 찾을 수 있었다. 유대인은 지금도 배우고 있다. 영원히 살아남기 위하여!

만일 내일 내가 죽는다면?

내게 주어진 시간이 이제 하루밖에 없다면?

지금까지 그렇게 지루하고 무한할 것 같던 시간이 이제 하루밖에 없다면 나는 무엇을 하며 보낼 것인가?

지금까지 습관처럼 해 오던 별로 중요하지도 않은 일에 시간을 소비하지는 않을 것이다. 가장 중요하고 보람 있는 일을 성취하고자 애를 쓸 것이다.

유대인은 그렇게 살았다. 그들에게 내일은 없었다. 오늘, 지금, 이 순간만이 존재할 뿐이다. 그들은 지금도 오늘만을 생각하며 산다. 아름다운 내일을 만드는 오늘을!